光文社文庫

文庫書下ろし／長編時代小説

帰郷

鬼役 三十四

坂岡　真

光　文　社

この作品は光文社文庫のために書下ろされました。

目次

※巻末に鬼役メモあります

幕府の職制組織における鬼役の位置

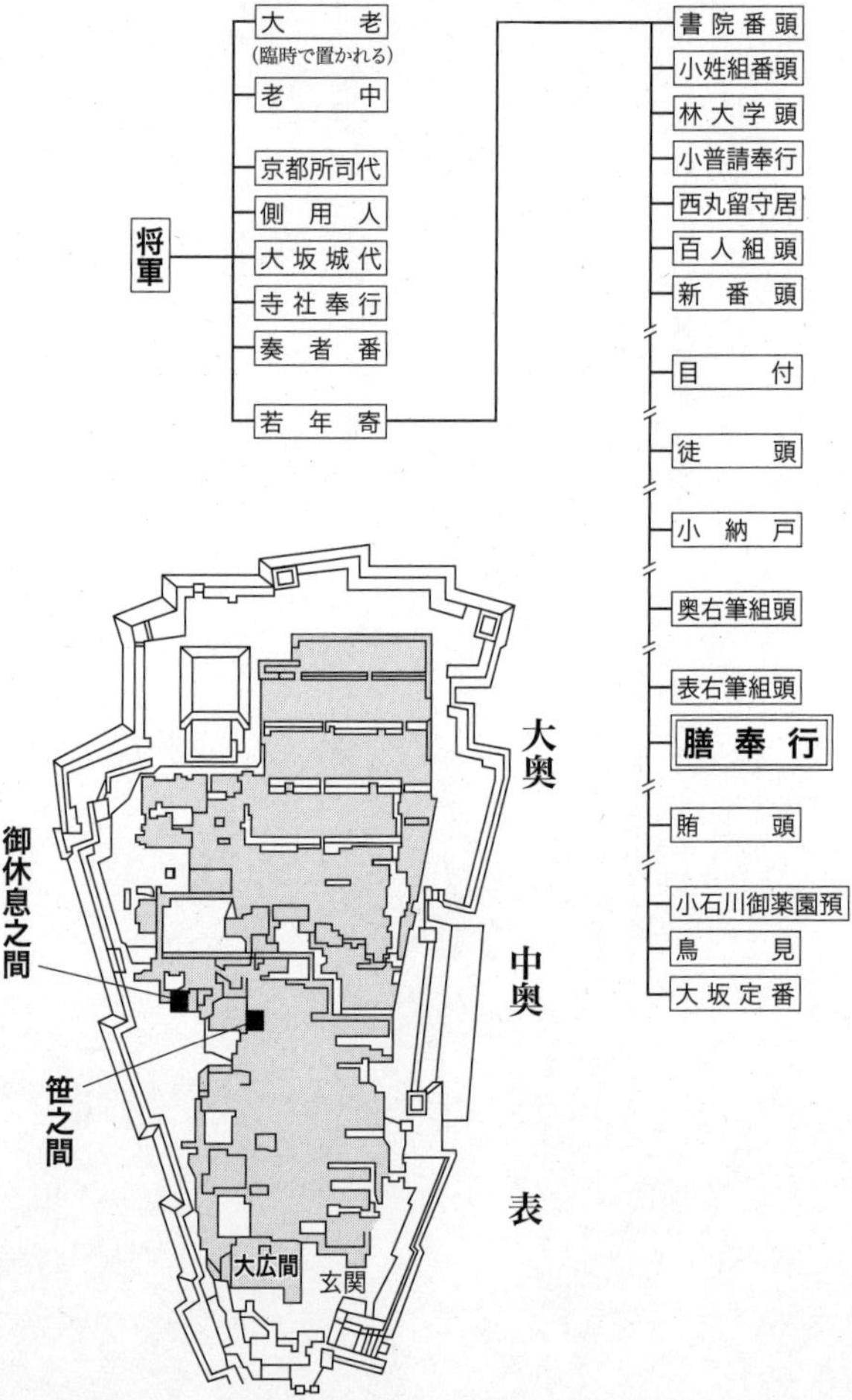

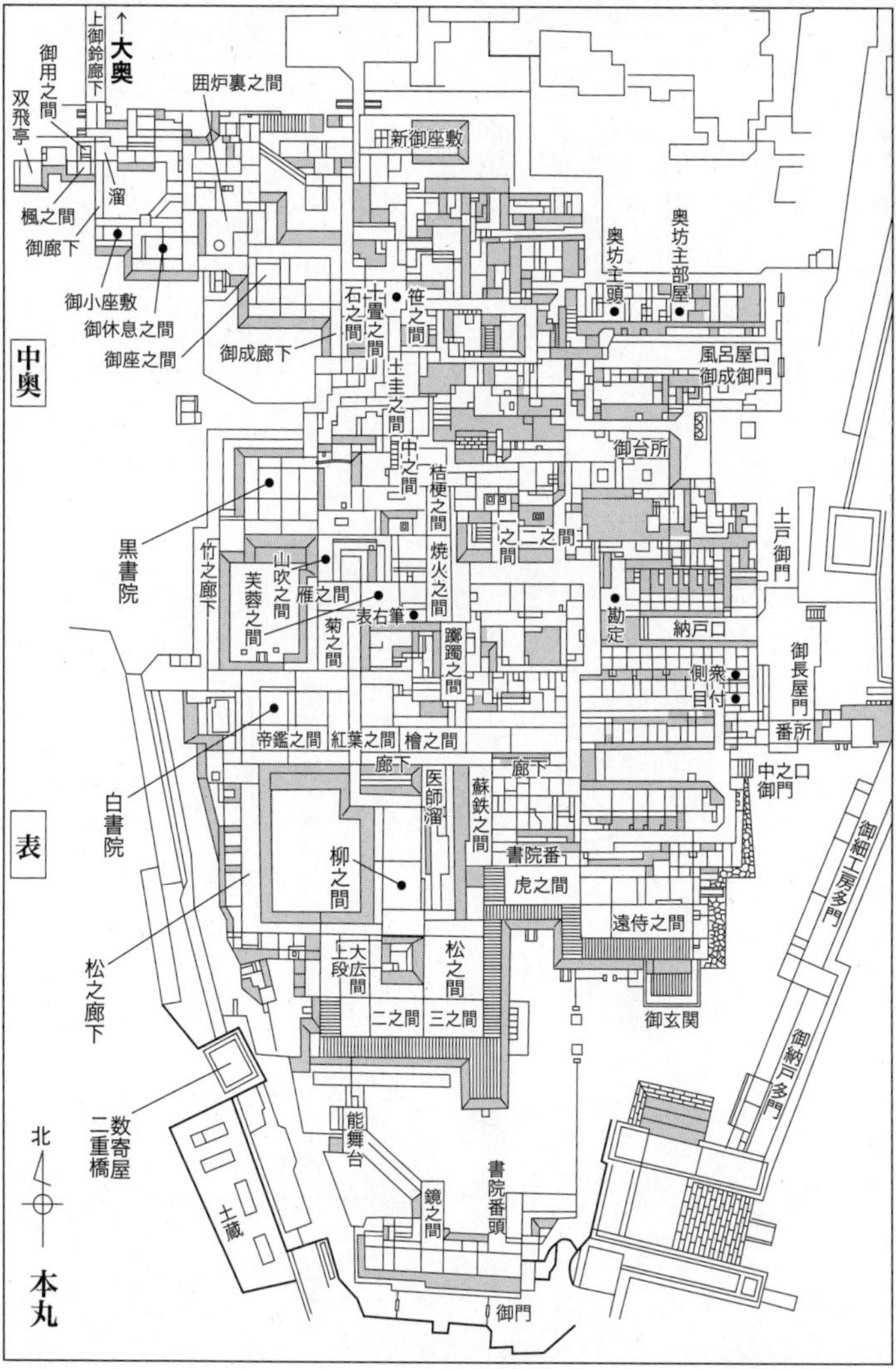

↑大奥
上御鈴廊下
御用之間
双飛亭
溜
楓之間
御廊下
御小座敷
御休息之間
御座之間
囲炉裏之間
御成廊下
新御座敷
石之間
十畳之間
笹之間
土圭之間
中之間
桔梗之間
焼火之間
奥坊主頭
奥坊主部屋
風呂屋口
御成御門
御台所
一之間
二之間
土戸御門
勘定
納戸口
側衆
目付
御長屋門
番所
中之口御門
中奥
黒書院
竹之廊下
山吹之間
芙蓉之間
雁之間
菊之間
表右筆
躑躅之間
帝鑑之間
紅葉之間
檜之間
廊下
廊下
医師溜
蘇鉄之間
書院番
虎之間
遠侍之間
白書院
柳之間
表
松之廊下
上段
大広間
松之間
二之間
三之間
御玄関
御細工房多門
御納戸多門
二重橋
数寄屋
能舞台
鏡之間
書院番頭
土蔵
北
本丸
御門

主な登場人物

矢背蔵人介……将軍の毒味役である膳奉行を長く務めた後、職を解かれ、小姓頭取格奥勤見習となり、〝影鬼〟を命じられる。

卯三郎……納戸払方を務めていた卯木卯左衛門の三男坊。わけあって天涯孤独の身となり、矢背家の養子に。その後、蔵人介の跡を継ぎ、膳奉行となった。

志乃……蔵人介の養母。薙刀の達人でもある。洛北・八瀬の出身。

幸恵……蔵人介の妻。徒目付の綾辻家から嫁いできた。蔵人介との間に鐵太郎をもうける。弓の達人でもある。

鐵太郎……蔵人介の息子。大坂の緒方洪庵の下で、蘭方医になるべく修業中。

串部六郎太……矢背家の用人。悪党どもの臑を刈る柳剛流の達人。

土田伝蔵……公方の尿筒持ち役を務める公人朝夕人。養父伝右衛門亡き後、家督を継ぐ。

遠山景元……南町奉行。北町奉行の在任時、蔵人介と懇意になる。

鬼役 三十四

帰郷

発症

一

弘化《こうか》二年如月《きさらぎ》十五日、武蔵《むさし》国六浦《むつら》。

寒い。

早朝から雪がちらついている。

涅槃会《ねはんえ》に降る牡丹雪《ぼたゆき》は「名残《なごり》の雪」と呼ばれているらしいが、相模《さがみ》国との国境に近い六浦の小さな漁村に雪が降るのは稀《まれ》なことだ。

「しんどいな」

伊原十郎左衛門《いはらじゅうろうざえもん》は両手を重ね、はあっと白い息を吐きかけた。

朝未《まだ》き、漁村の網元《あみもと》から陣屋《じんや》へ「不審事発見」との急報があり、宿直《とのい》に就いていた横目付《よこめつけ》の伊原が腰をあげざるを得なくなった。

六浦は武蔵国金沢《かなざわ》藩米倉《よねくら》家の所領である。同藩は一万二千石《ごく》の小藩だが、江戸湾の入口となる浦賀《うらが》にほど近いので、異国船の航行が増えつつある昨今の焦臭《きなくさ》い情勢下では海防の観点からも重要視されていた。

領内の北に位置する瀬戸《せと》神社は保土ケ谷《ほどがや》宿から南下する金沢道《かなざわみち》の終点であり、鶴岡《つるがおか》八幡宮を擁《よう》する鎌倉《かまくら》へと通じる六浦道《むつらみち》の起点でもある。海岸線一帯は古くから景勝地《けいしょうち》として名高く、風景絵を豊富に載せた『名所図会《めいしょずえ》』にも「南より西北にめぐりてはみな山にして、東は滄溟《そうめい》に連なり千里の風光窮《きわ》まりなく、沖行く舟の真《ま》帆片帆《ほかたほ》は雲に入るかとあやしまる……」と記されていた。

鳥の目で俯瞰《ふかん》しなければ、複雑な入り江の形状は把握できない。南北に細長く延びる野島《のじま》と南側から突きでた瀬戸崎が迫る狭い水道を通れば、大小の船は懐《ふところ》の深い入り江に導かれる。入り江を南北に分かつのが瀬戸神社のそばに架かる瀬戸橋で、金沢文庫《かなざわぶんこ》へと通じる橋の北側は瀬戸ノ内海、南側は平潟《ひらかた》湾と称されていた。

平潟湾の一部が六浦津である。浜辺は鎌倉の御代《みよ》より塩の産地として知られ、西にまっすぐ延びる六浦道から苔生《こけむ》す朝比奈切通《あさひなきりどおし》を経て鎌倉へと運ばれた。

なるほど、六浦一帯も背に低い山脈《やまなみ》を負っている。

伊原が立っているのは、六浦津の南西に位置する三艘《さんぞう》が浦《うら》であった。今から二百八十年近く前の永禄《えいろく》九年、貴重な経典や青磁《せいじ》の香炉《こうろ》などを積んだ三艘《そう》の唐船《からぶね》が流されてきたことに因《ちな》む名らしい。

穏やかな海原の右手には野島や烏帽子島《えぼしじま》が、少し離れた沖合には夏島《なつしま》も遠望できる。『名所図会』を引用すれば「……瀬戸の神祠《しんし》は水に臨み、称名《しょうみょう》の仏閣《ぶっかく》は山に傍《そ》ひたり。漁家民屋は樹間《このま》々にみえかくれし、島嶼《しまじま》は波間々にあらはる」と記された景観であった。

津を挟《はさ》んで真北には経典《きょうてん》の納められた上行寺《じょうぎょうじ》があり、伊原は寺領内の瘡守稲《かさもり》荷堂に立ち寄って厄除《やくよ》けの願掛けをしてきた。

背には数人の小者《こもの》を引きつれており、砂浜には乱れた足跡が点々と連なっている。

「あれか」

眼差《まなざ》しのさきには簡易な艀《はしけ》があり、小さな荷船が繫《つな》がれていた。

伊原がふいに足を止めたのは、耳許《みみもと》で誰かに囁《ささや》かれたからだ。

――近づくな。

気のせいだとわかってはいるものの、何か強い力に背中を引っぱられたような気がした。

もしや、瘡守稲荷のお告げであろうか。

きっとそうにちがいない。されど、大小を腰に差した侍《さむらい》である以上、途中で踵《きびす》を返すわけにはいかなかった。

「まいるぞ」

艀の周囲に人影はない。

恐る恐る荷船に近づくと、筵《むしろ》が何重にもかぶせてあった。

荷船をみつけた漁師がやったのだろうか。

筵を捲《めく》れと命じても、小者たちは動こうとしない。

伊原は仕方なく、みずから舷《ふなばた》に近づき、筵の端を摑《つか》んだ。

えいとばかりに捲った途端、とんでもない異臭に鼻を衝《つ》かれる。

「うえっ」

小者たちも悲鳴をあげた。

筵の下には、半裸の屍骸《むくろ》が折りかさなっている。

「三体か」

頭頂《とうちょう》にだけ髪を残す髪形から推《お》すと、清《しん》国の者たちであろうか。

伊原は袖で鼻と口を塞《ふさ》ぎ、顔を近づけてみた。

屍骸の肌は黒ずんで爛《ただ》れ、眼球は潰《つぶ》れた玉子のように溶けている。

「お役人さま」

後ろから、唐突《とうとつ》に呼びかけられた。

驚いて振りむけば、蒼褪《あおざ》めた漁師が立っている。

「荷船をみつけたのは、おぬしか」

「へえ」

「名は」

「磯吉《いそきち》と言いやす」

「おぬしが筵を」

「掛けやした」

「何刻《なんどき》ほど前のはなしだ」

「二刻《ふたとき》（約四時間）ほど前になりやしょうか」

「みつけたその足で、網元《あみもと》のもとに向かったのだな」

「い、いえ……こほっ、こほっ」

磯吉はやたらに咳《せき》をしはじめる。

伊原は訝《いぶか》しみ、すっと後退《あとじさ》った。

「屍骸をみつけたあと、どうしたのだ」

「家に帰《け》えりやした、こほっ……か、嬶《かか》ぁのつくった潮汁《うしおじる》を啜《すす》り、少し眠ってから網元のところに、こほっ」

「子はおるのか」

「洟垂《はなた》れが三四、それと年寄りがひとりおりやす。こほっ」

「家の者を除けば、会ったのは網元だけか」

「へえ」

「網元は何と申しておった」

「浦賀の御奉行さまにもお報《しら》せせねばと、こほっ」

「さようか」

「こほっ、こほっ……」

磯吉は咳を抑えきれなくなり、伊原は焦りを募らせる。

「これ、こっちを向くな。袖で口を塞ぐのだ」

「……へ、へえ、こほっ、こほっ」

以前、噂に聞いたことがあった。遠江《とおとうみ》か駿河《するが》か忘れたが、何処《どこ》かの岸辺に流れついた唐人《とうじん》を助けた漁師が得体《えたい》の知れぬ病に侵されて頓死《とんし》した。唐人も還《かえ》らぬ人となったが、得体の知れぬ病は瞬《またた》く間に村人たちに感染《うつ》り、三月《みつき》もせぬうちに村がひとつ消滅してしまったのだという。

——二の舞いじゃ。

さきほどの囁きが、耳に飛びこんできた。

やはり、瘡守稲荷のお告げであろう。

「磯吉、すまぬ」

伊原は何をおもったか、立ち竦《すく》む磯吉に身を寄せる。

そして、抜き打ちの一刀で袈裟《けさ》懸《が》けにしてみせた。

「ひぇっ」

小者たちは石仏のように身を固める。

一瞬遅れて、真紅《しんく》の血飛沫《ちしぶき》がほとばしった。

伊原は刀を提《さ》げたまま、波打ち際へと歩きだす。

血濡れた刀を海水に浸し、何度も執拗《しつよう》に洗いつづけた。

磯吉が斬られた理由を何となく理解できるのか、小者たちのなかで逃げだす者はひとりもいない。

伊原は振りむきざま、鬼の形相《ぎょうそう》で言いはなった。

「荷船に薪《まき》を積み、火を放て」

小者たちは弾《はじ》かれたように動きだす。

――見てもおらぬし、聞いてもおらぬ。何もかも始末せよ。

一刻も早く、証拠《あかし》となるものを灰にしなければならぬ。

耳許で囁いているのは、最悪の事態を恐れるもうひとりの自分であった。

屍骸の始末がついたら磯吉の家に向かい、家の者たちにも引導《いんどう》を渡さねばならぬ。家人《かじん》と触れた者がおれば同様に手を下し、必要ならば網元もあの世へ逝ってもらうしかなかろう。

「やらねばならぬ」

是が非でも六浦を守らねばならぬと、伊原は憑《つ》かれたような顔でつぶやいた。

二

ひと月後。

矢背《やせ》蔵人介《くらんどのすけ》は再建された本丸《ほんまる》の玄関で檜《ひのき》の匂いを吸いこみ、右手脇の長屋門《ながや》へ向かった。

「十月《とつき》ぶりか」

昨年の皐月《さつき》十日早朝、千代田《ちよだ》城の本丸は丸ごと焼失してしまった。原因は大奥《おおおく》女中による火の不始末。風は弱い北風で大雨だったにもかかわらず、火のまわりは早く、御殿群《ごてんぐん》は二刻余りも燃えつづけた。

火元の大奥と本丸との境界が閉ざされたため、逃げおくれて犠牲になった女官《にょかん》は五百人におよんだという。まさに、この世の地獄をみているような光景であった。公方家慶《くぼういえよし》は命からがら吹上《ふきあげ》の庭へ避難できたが、供の者らは裸足《はだし》で泥濘《ぬかるみ》のなかを駆けまわらねばならなかった。

「あのとき……」

蔵人介は逃げる途中で振りむき、火焔《かえん》に包まれた御殿を睨《にら》みつけた。すぐそばには大奥の御年寄《おとしより》とおぼしき女官がたたずみ、雨に濡れるのもかまわず、悄然《しょうぜん》と炎をみつめていた。いや、そうではない。誰かもわからなかったが、陶然《とうぜん》とした面持《おもも》ちで炎を眺めていた。それゆえ、今でもそのときの光景が忘れられぬのだろう。

本丸は徳川《とくがわ》幕府の権威そのもののゆえ、再建への着手は当然のように急がれた。ところが、普請《ふしん》費用は二百万両を超えていた。はたして、交渉下手な土井大炊頭利位《どいおおいのかみとしつら》に膨大《ぼうだい》な費用を調達できるのか。みなが疑いの目を向けたとおり、土井は諸大名から普請金を集められず、家慶の怒りを買った。

それでも、十月経《た》って本丸は元通りに再建された。成ってみれば、あっという間の出来事である。そのあいだ、幕府は迷走しつづけた。まずは土井が一線を退き、再建の担い手として、前年の秋に老中《ろうじゅう》を罷免《ひめん》されたはずの水野越前守忠邦《みずのえちぜんのかみただくに》が呼び戻された。公方家慶の鶴のひと声で、老中首座《しゅざ》に返り咲いたのだ。

その煽《あお》りで、忠邦を裏切って土井の腰巾着《こしぎんちゃく》となっていた「妖怪」こと鳥居甲斐守忠耀《とりいかいのかみただてる》は南町奉行《みなみまち》を罷免《ひめん》された。必死に推し進めた印旛《いんば》沼の開拓も沙汰《さた》止みとなり、普請に使われた二十三万両は溝《どぶ》に捨てられたも同然となった。

またもや、水野忠邦の天下か。

呪われた天保《てんぽう》から弘化に改元された途端、理不尽な締めつけが再開されてはかなわぬと、巷間《こうかん》では多くの者たちが行く末を案じた。されど、土井をはじめとする老中たちは病を理由に出仕《しゅっし》せず、忠邦は西ノ丸の老中部屋で何カ月もひとりぽつねんと座りつづけるしかなかった。そして、ついに周囲も支えきれなくなり、先月二十二日、二度目の罷免蟄居《ちっきょ》を命じられた。

「よもや三度目はあるまい」

忠邦の替わりに颯爽《さっそう》と檜《ひのき》舞台に躍りでたのは、齢《よわい》二十七の阿部伊勢守正弘《あべいせのかみまさひろ》である。見栄えのする年若い殿さまは大奥を差配する姉小路《あねがこうじ》と密接に繋がり、勝手掛《かってかかり》も兼ねた老中首座に抜擢《ばってき》された。

まことに厄介なはなしだが、蔵人介はその阿部から信を得て「影鬼《かげおに》」となり、隠密御用に勤《いそ》しんでいる。

先代家斉《いえなり》の御代から三十有余年にわたり、将軍家毒味役の「鬼役」として仕え、悪辣非道《あくらつひどう》な奸臣《かんしん》たちや阿漕《あこぎ》な商人どもを成敗《せいばい》してきた。おそらくは、けっして表に出ない手柄の積みかさねを評価されてのことだろう。

表向きは「小姓頭取格奥勤見習《こしょうとうどりかくおくづとめみならい》」という長ったらしい役名を頂戴しているものの、小姓《こしょう》として公方のそばに侍《はべ》る必要はない。本丸が焼ける以前は、御納戸口《おなんどぐち》脇の炭置《すみおき》部屋に押し込められていた。「見習」ゆえに役料《やくりょう》は貰《もら》えず、裏の御用があるときだけ重い腰をあげる。「鬼役」であった頃と何ら変わらず、市中の闇に潜んでは人の命を奪うことも厭《いと》わなかった。

隠居を望んだ身としては、まことに迷惑千万《せんばん》なはなしである。

難しいのは、同じ隠密御用を課されている卯三郎《うさぶろう》との棲《す》み分《わ》けだった。

養子の卯三郎はすでに家慶への目見得《めみえ》も済ませ、鬼役として笹之間《ささのま》での毒味御用に勤しみながら、裏の御用にも駆りだされている。養父が隠居もせずに城内に潜んでいればさぞやりにくかろうし、いつまでも独り立ちさせてもらえぬ自分に苛立《いらだ》ちも抱こうが、こればかりは上意《じょうい》なので致し方あるまい。

蔵人介が足を向けたさきは、老中口とも称される御納戸口である。

通い馴《な》れた中奥《なかおく》ではなく、表向《おもてむき》の各所へ通じる裏口にほかならず、重臣たちも頻繁《ひんぱん》に行き来する口のそばに、ひと部屋をあてがわれていた。

広さは六畳で床《とこ》の間《ま》があり、掛けられた軸には雪舟《せっしゅう》の達磨《だるま》が描かれている。面壁《めんぺき》九年のすえに手足を失った達磨の故事にしたがい、訪ねる者とてない小部屋で朽《く》ち果てるのもよかろう。

自嘲《じちょう》しながら花入れをみれば、淡い紫色の可憐《かれん》な野花が活けてある。

「はて、誰《たれ》ぞ訪ねてまいったのか」

噂好きの炭注《つ》ぎ坊主に、このような心遣《づか》いはできない。

首をかしげたところへ、裃《かみしも》姿の人物が踏みこんできた。

「ふはは、ついに大願成就《たいがんじょうじゅ》じゃ」

喜色満面《きしょくまんめん》の顔で発したのは、お飾りの大目付《おおめつけ》から南町《みなみまち》奉行に着任したばかりの遠山左衛門少尉景元《とおやまさえもんのしょうじょうかげもと》である。

三年前は北町《きたまち》奉行に任じられていたが、水野忠邦の施策に抗《あらが》って職を解かれた。北町奉行の上席と目される南町奉行への就任は念願でもあり、心の底から喜んでいるのが伝わってくる。

「ようやく、大目付から足を洗うことができたわ。鳥居の悪党も厄介《やっかい》払いできたし、まずは、めでたしめでたし。それにしても、世の変わりようは猫の目のごとくよ。むかしから変わらぬのは、仏頂面《ぶっちょうづら》の鬼役くらいのものであろう。肩書きは変わっても、おぬしは鬼役にほかならぬ。鬼役のなかの鬼役は、矢背蔵人介しかおらぬ」

わざとらしく持ちあげられたところで、嬉《うれ》しくも何ともない。

蔵人介は遠山を上座に導き、さりげなく花入れに目をやった。

「あの花、碇草《いかりそう》にござりますな」

「ふふ、ようわかったな」

細い茎《くき》は三つに枝分かれし、先端には碇に似た小粒の花をつける。山里の渓谷などに行かねばお目に掛かることのできぬ花で、根を煎《せん》じれば強壮《きようそう》の薬効《やっこう》があることも知られていた。

「石垣の片隅でみつけたのよ。春風に身を委《ゆだ》ね、繊細優美に揺れておった。火事で焼け死んだ女官たちを偲《しの》び、咲いているかのようでな。ひょっとしたら、大権現《だいごんげん》さまが希望の種を運んでくださったのやもしれぬ。手折《たお》ったあとに後悔したが、この花を生かさぬ手はない。なにせ、御府内の治安を司《つかさど》る南町奉行に着任したのだからな。碇草の碇を怒りに変え、巷間《ちまた》に蔓延《はびこ》る悪党どもに引導を渡してやらねばならぬ。そうおもったら矢も盾《たて》もたまらず、おぬしのもとへまいったという次第よ」

長い前置きには気をつけろと、蔵人介は胸の裡《うち》で囁く。

遠山は両手で襟《えり》をこじ開け、ぞんざいな口調で楽しげにつづけた。

「御本丸の再建費用は二百万両を超えちまった。途方もねえ費用《ついえ》だ。そいつを、何処から捻《ひね》りだしたとおもう。手妻《てづま》のタネはどうやら、蓮池御金蔵《はすいけおかねぐら》の床下に隠してあった金らしいぜ。床上の銀は溶けちまったが、床下の金は助かった。その金を溶かして質の劣る小判に鋳直《いなお》し、当座の費用にあてたのさ」

厳格な勘定所《かんじょうじょ》の役人たちが、よくぞ許したものだ。幕初の頃より、幕府の大きな普請費用は全国津々浦々の大名家が分担することになっており、勘定方は、御金蔵の蓄財を減らすことは死んでもやってはならぬと命じられている。

「もちろん、土井さまにゃできねえ相談だ。水野さまの手腕に負うところが大きい。勘定所の連中は水野さまに向かって、ふたつの見返りを求めたというぜ。ひとつは印旛沼開拓の中止。こいつは水野さまが海防の点から必要不可欠なものと説き、鳥居の野郎にやらせていた。以前の水野さまなら、烈火《れっか》のごとくお怒りになったであろうが、下野《げや》されてからは覇気《はき》を失ってしまわれたようでな」

忠邦が素直に諾《だく》したので、勘定方も肩透《す》かしを喰らったのだという。

「そして、ふたつ目は質の劣る小判改鋳《かいちゅう》の継続だ。なるほど、諸色《しょしき》の高騰《こうとう》を抑えるにゃ悪貨の鋳直しを止《や》めるしかねえ。ところが、止めちまったらすぐさま、幕府の御金蔵は干上がる。勘定所の連中にしてみれば、悪貨をせっせと鋳《つく》るしか手がねえのさ。ところが、最初にこの禁じ手を献策《けんさく》した野郎が、掌《てのひら》を返《け》えしたように抗いやがった。知ってのとおり、御金改役《おかねあらためやく》の後藤三右衛門《ごとうさんえもん》よ」

世に流通している小判を回収して溶かし、金の含有量を低めて鋳直す。そもそも、これを「起死回生の秘策」と呼んで献策したのは、後藤家の当主にほかならない。

貨幣の品位をさげて出目《でめ》(改鋳差益)を得る禁じ手により、幕府は六百万両もの益金《えきがね》を得た。禁じ手が実を結んだ見返りとして、後藤家には改鋳のたびに「分一《ぶいち》金《きん》」と呼ばれる手間賃がはいる。一日の収入は二百両とも言われ、蓄財は二百万両におよぶともいわれていた。

「今や、後藤三右衛門は商人じゃねえ。席次は両御番《ごばん》の上で俸禄《ほうろく》は二百俵《ぴょう》。もはや、歴《れっき》とした侍《さむれ》えよ」

騎馬での登城や家人《かじん》の帯刀《たいとう》まで許され、墨堤《ぼくてい》には広大な別邸を所有している。

「あげくの果てには幕閣《ばっかく》のお偉方に取り入り、賄賂《まいない》と引換えに勘定奉行をやらせろと息巻いた。自分に勘定奉行をやらせれば、悪貨を鋳直さずとも上手に舵取《かじ》りをしてみせると。おいおい、どの面《つら》さげて言ってやがると、役人たちは怒り心頭に発したわけさ」

腹に据《す》えかねた勘定所の連中は、後藤三右衛門の首を取ってほしいと、忠邦に掛けあった。なるほど、後藤家を改易《かいえき》にすれば、蓄財の二百万両は幕府の御金蔵にはいる。

「そいつを餌《えさ》にすれば、上方《かみがた》の豪商からいくらでも借金ができるという算段だ。焼け跡からみつかった金だけでは、到底《とうてい》、御本丸の再建費用を賄《まかな》いきれなかったんだろうよ。捕らぬ狸《たぬき》の皮算用に近《ち》けえはなしだが、水野さまも三右衛門の首を差しだすしかねえと肚《はら》をくくった。おかげで、御本丸の再建は成ったのさ」

忠邦は後藤家の後ろ盾があったからこそ、天保《てんぽう》期の改革を強力に推進できた。少なからず恩を感じていたはずだが、断腸《だんちょう》のおもいで勘定方の要求に応じるしかなかったのだという。

「もっとも、再建をみるめえに、御城から追んだされちまったがな」

後任となった阿部は忠邦に汚れ役を押しつけ、体《てい》よくお払い箱にした。

もはや、後藤家の改易は既定のことにほかならない。

「でもな、御金改役だけにすべての罪を負わせるわけにゃいかねえ」

遠山の眸子《まなこ》が異様な光を帯びる。

「悪貨の改鋳では、役人たちもさんざ甘い汁を吸ってきた。墨堤に別邸を建てたのは、何も後藤家の当主だけじゃねえんだ。悪辣な役人どもを一掃し、膿《うみ》を出し切らねえことにゃ、新たな船出もままならねえというわけさ」

「拙者《せっしゃ》にどうせよと」

「それよ」

遠山は懐中から紙を一枚取りだし、膝前の畳に置いた。

「ここに始末してほしい連中の名が書いてある。ほれ、阿部伊勢守さまの花押《かおう》もちゃんと貰《もら》ってきたんだぜ」

蔵人介は眉を顰《ひそ》めた。

「遠山さま、来られるところをまちがっておられます」

「笹之間へ行けってのか。申し訳ねえが、跡継ぎの子息にゃ今ひとつ信がおけねえ。失敗《しくじ》ることができねえから、わざわざここへ足労《そくろう》したのよ。拒んじゃならねえぜ。

こいつは、おれや阿部さまの一存じゃねえんだ。口にしたくもねえが、上意ってやつさ」

幕府の禄を食《は》んでいる以上、上意には逆らえまい。

遠山はそうおもっているようだが、蔵人介は平然と言ってのける。

「あやまった上意ならば、したがうつもりはござりませぬ。上意を下達《かたつ》した御仁《ごじん》と刺し違えるやもしれませぬが、それでもよろしゅうござりますか」

「ふん、そうきたか。ま、それでこそ、矢背蔵人介であろうがな。調べてえなら、好きに調べるがいいさ。でもな、のんびりしている暇はねえぜ」

遠山はがばっと立ちあがり、風のように去っていく。

蔵人介は瞑目《めいもく》し、遠ざかる跫音《あしおと》に耳をかたむけた。

三

重臣《じゅうしん》たちが下城する八《や》つ刻（午後二時）を避け、四半刻《しはんとき》（約三十分）ほどあとに退出した。

不馴れなのは今日が初日だからではなく、表向の一隅に部屋を与えられたからだ。

以前はひとつ奥の御台所口から公方の起居《ききょ》する中奥へ通い、御膳所《ごぜんしょ》の喧噪《けんそう》に耳をかたむけた。習慣とは恐ろしいもので、庖丁《ほうちょう》で俎板《まないた》を叩く音や配膳を賄う小納戸方《こなんどかた》の跫音《あしおと》が聞こえぬと、何やら落ちつかない気持ちになる。

「困ったものよ」

御膳所でも覗《のぞ》いてみようとおもい、蔵人介は御台所口のほうへ行きかけ、首を振りながら踵を返した。

余計なことはせぬがよかろう。

「毒味役は毒を啖《くろ》うてこそのお役目。河豚《ふぐ》毒に毒草に毒茸《きのこ》、なんでもござれ。死なば本望《ほんもう》と心得よ」

困ったときは、今は亡き養父に叩きこまれた家訓を口ずさむ。

そして、どうか卯三郎が無事であるようにと、神仏に祈った。

「今宵《こよい》は宿直であったな」

御膳奉行として笹之間に通いつめ、早いもので一年と四月《よつき》が経つ。

御膳に並ぶ食べ物の毒味は無論のこと、難しい尾頭《おかしら》付きの骨取りもそつなくこなしているようだった。

小骨の取り残しが公方の咽喉《のど》に刺さりでもしたら、首を抱いて帰宅する覚悟を決めねばならぬし、毒を盛られたとわかっても身をもってそれを証明してみせねばならぬ。毒味役は死と背中合わせの役目ゆえ、いつの頃からか「鬼役」と称されるようになった。

徳川家に剣をもって仕える旗本《はたもと》になるにあたって、敢《あ》えて「鬼役」という過酷な役目を選んだのは、第五代綱吉《つなよし》公の御代に京《きょう》の山里から江戸へ下った矢背家の女当主であったという。

天子《てんし》の輿《こし》を担ぐ大任を負った山里の民は、長らく比叡山延暦寺《ひえいざんえんりゃくじ》と裏山の伐採《ばっさい》権を争っていた。当時の老中だった秋元但馬守喬知《あきもとたじまのかみたかとも》が調停を買ってでたのと引換えに、山里の主家に繋がる女当主は人質に取られたも同然になったのである。

矢背家はそのとき以来、表には出ない深い事情を抱えていた。

誇り高き反骨《はんこつ》の民の血を引く傑女《けつじょ》こそが、養母の志乃《しの》にほかならない。

成立当初の志を忘れず、矢背家の当主になる者は剣術に長《た》けておらねばならぬと、常のように言いつづけてきた。亡き養父も幕臣随一《ばくしんずいいち》の剣客《けんかく》であったがゆえに、入り婿となった。それゆえ、実子が家を継ぐとはかぎらない。蔵人介も養子であり、卯三郎もまた養子である。

そもそも、卯三郎は卯木《うつき》という隣家の部屋住みだった。幕府納戸《なんど》払方《はらいかた》の兄が上役の不正に加担できず、気鬱《きうつ》になったあげくに母を刺し、みずからも命を絶った。事情を知った父は嫡男の仇《あだ》を討つべく、上役に刃向かったものの、無残にも返り討ちに遭った。卯木家は改易《かいえき》とされ、天涯孤独の卯三郎も自刃《じじん》する寸前まで追いつめられたとき、蔵人介がみるにみかねて救いの手を差しのべたのだ。

それが六年前の出来事で、卯三郎はまだ齢《よわい》十九の若造にすぎなかった。

実子の鐵太郎《てつたろう》は五つ年上の兄ができたと喜んだが、ふたりには過酷な運命が待ちうけていた。

矢背家の居候《いそうろう》になった卯三郎は練兵館《れんぺいかん》の師範代に抜擢されるほどの力量を持ち、志乃と蔵人介が養子に迎えたくなる剣士の資質を備えていた。一方、本来ならば家を継ぐべき長子の鐵太郎には、誰の目からみても剣術の素質がなかった。本人にもそれがわかっていたのか、齢十四で蘭方医《らんぽうい》になる道を志し、大坂《おおさか》で診療所を開業した緒方洪庵《おがたこうあん》のもとへ旅立っていったのである。

鐵太郎を差しおいて当主になるわけにはいかぬと、卯三郎は跡継ぎになるのを拒みつづけた。だが、養母となった幸恵《ゆきえ》に背中を強く押され、鬼役をみずからの天命と受けいれてくれるようになった。そして、厳しい修行をかさね、今から五年前に晴れて矢背家の跡取りとして認められた。

すでに、嫁取りも済ませている。新妻は門脇香保里《かどわきかおり》という新番士《しんばんし》の娘だ。大らかな性分《しょうぶん》ゆえか、勝ち気な志乃や義母の幸恵に挟まれても動じる様子はない。何かと気を遣うであろう三世帯同居の暮らしも苦にならぬらしく、今のところはつつがない日々を送っていた。

表向の玄関脇を抜ければ、真正面に蒼穹《そうきゅう》を背にした富士見《ふじみ》三重櫓《やぐら》が聳《そび》えている。

蔵人介は中雀《ちゅうじゃく》門を潜《くぐ》って石段を降り、中《なか》ノ門から三《さん》ノ門へ向かった。百人番所《ひゃくにんばんしょ》を横目にして足早に三ノ門を潜り、内濠《うちぼり》に架かる下乗《げじょう》橋を渡ってからは、新たに敷きつめられた玉砂利を踏みしめながら内桜田《うちさくらだ》門をめざす。

久方ぶりの感触であった。

再建される以前と、何ひとつ変わっていない。

顔見知りの門番に会釈をしてから内桜田門を潜ると、蟹《かに》のようなからだつきの従者が近づいてきた。

「大殿、ご苦労さまにござります」

白い歯をみせて笑うのは、串部六郎太《くしべろくろうた》である。

蔵人介はうなずきもせず、鋭い一瞥《いちべつ》をくれた。

「迎えはいらぬと申したはずだぞ」

「またまた、つれないことを。それがしにとって、御主人は若殿おひとりではございませぬ。どうしても供はいらぬと仰せなら、生涯の友として大殿に同伴させてくださりませ」

「つけあがるな」

「ですよね」

首を亀のように縮め、串部はぺろっと舌を出す。

これでも、悪党どもの臑《すね》を瞬時に刈る柳剛《りゅうごう》流の達人なのだ。情に流されるところが多分にあるとはいえ、いざとなれば誰よりも頼りになる従者であった。

「ところで、嬉しいお報せがござります。何をさておいても、まっさきにお伝えせねばと馳《は》せ参じました。ふふ、お聞きになりたいですか」

「焦《じ》らすな、阿呆《あほう》」

「はっ、さればは申しあげます。鐵太郎さまが江戸へ向かっておられます」

「まことか」

「はい。悪戯《いたずら》好きのぼっちゃまらしく、われわれを驚かせようとお考えなのでしょう。松原《まつばら》から富士山をのぞむ絵文が届きました」

差しだされた絵文を食い入るようにみつめた。

きらかだ。

「はい、おそらくは」

絵文が出された日付は判然とせぬが、駿河のさきから江戸へ向かっているのはあきらかだ。

「三保《みほ》の松原か」

——

それと察したのか、串部は号泣しはじめる。

驚きと感激が綯《な》い交《ま》ぜになり、涙が溢《あふ》れそうになった。

「……ろ、六年ぶりにござりますな。五月《さつき》晴れのもと、ぼっちゃまはたったおひとりで権太《ごんた》坂を下っていかれた。大奥さまがお授けになった御先祖伝来の鬼斬《おにき》り国綱《くにつな》を携え、蹌踉《よろ》めきながらも堂々と、急坂を下っていかれました」

保土ヶ谷宿の棒鼻《ぼうはな》を越えれば、難所の権太坂がある。

鐵太郎には告げず、みなで峠の茶屋まで見送りに出向いたのだ。

「『けっして、振りむくでないぞ』と、大殿は仰せになった。ぼっちゃまは言いつけを守り、一度も振りかえらずに旅立っておしまいに」

心許《こころもと》ない我が子の後ろ姿は、瞼《まぶた》の裏にしっかりと焼きついている。

あれから六年、大坂からの文は文筥《ふばこ》にはいりきらぬほど届けられたが、鐵太郎は一度も江戸の地を踏んでいなかった。

「二十歳《はたち》か」

「さようにござります。きっと、立派な若武者になっておられましょう」

これ以上の喜びはあるまい。吉報をもたらした串部に抱きつきたくなった。

「何なら、それがしのほうから」

両手を広げた串部に、冷めた眼差しを投げかける。

「気色《きしょく》の悪いことをするでない」

「ぬへへ、でしょうな」

ふたりは肩を並べ、大名小路から外桜田門へ向かった。

「大奥さまと奥さまのお喜びようは、尋常なものではありませぬ。ぼっちゃまのお好きな食べ物を紙に書きつけ、さっそく魚河岸《うおがし》へ向かわれました」

旬の食べ物なら、大振りの蛤《はまぐり》がある。鰈《かれい》や平目《ひらめ》も並んでいようし、独活《うど》や早蕨《さわらび》などの山菜も豊富にあろう。

幸恵の気持ちが、蔵人介には痛いほどわかった。

卯三郎を跡継ぎにするのに一片の迷いもみせなかったが、鐡太郎との別れは耐えがたいものであったにちがいない。

「さぞかし、嬉しかろう」

小躍りしているすがたが、目に浮かんでくる。

ふたりは桜田濠沿いの皀角河岸《さいかち》を通り、半蔵門《はんぞう》の手前を左手に折れ、麹町《こうじまち》の大路を一丁目から五丁目まで下っていった。大横町《おおよこちょう》との二股を過ぎたあたりで右に折れ、道が網目のように錯綜《さくそう》する番町《ばんちょう》を横切り、浄瑠璃《じょうるり》坂へとつづく市ケ谷《いちがや》門をめざすのである。

通い馴れた道筋が煌《きら》めいてみえた。武家屋敷の塀《へい》から覗く桜はまさに満開、花弁《はなびら》の蜜を啄《ついば》む鳥たちも鼻唄を口ずさんでいるかのようだ。

市ヶ谷門を潜って右に折れ、浄瑠璃坂の手前まで来て串部は足を止めた。

「大殿、ひとつおもいだしたことが。ひょっとして、遠山さまから何かおはなしがございましたか」

「ん、どうしてわかる」

「さきほど、内桜田門の手前で声を掛けられました」

「遠山さまは、何と仰せになったのだ」

「『刀を研いでおけ』とだけ仰せに」

「ふうむ」

串部にまで念押しせねばならぬほど、急を要するのだろうか。

蔵人介は懐中から紙を取りだし、串部の胸に押しつけた。

「成敗すべき奸臣どもかどうか、数日のうちに調べあげねばならぬ」

「なるほど、厄介なはなしですな」

口ではそう言いながらも、串部は嬉しそうに紙を眺める。

悪党に引導を渡す役目が、根っから性《しょう》に合っているのだ。

頼りにしておるぞと、蔵人介は胸の裡につぶやいた。

四

御納戸町《おなんどまち》の家に戻ると、みなが嬉しそうに出迎えてくれた。

滅多《めった》なことでは動じぬ志乃が「早《はよ》う鐵太郎の顔がみたい」と興奮ぎみに訴え、幸恵に「赤飯を炊け」だの何だのと指図を繰りだしていた。もちろん、幸恵の喜びようは離れていても伝わってきたし、鐵太郎をじつの弟とおもう卯三郎はもちろん、嫁の香保里も出会いへの期待に胸を膨らませ、下男の吾助《ごすけ》や女中頭のおせきも平常心ではいられない様子だった。

ところが、絵文が届いてから七日経っても、鐵太郎はすがたをみせなかった。

「何かあったのでしょうか」

下城の道すがら、串部は顔を曇らせる。

絵文を届けた飛脚《ひきゃく》の足から逆算すれば、疾《と》うに到着していなければならない。

蔵人介も不安を募らせたが、無事を信じて待つよりほかになく、卯三郎には何も告げず、遠山に託された密命の調べに取りかかっていた。

紙に記された名は四人で、そのうちの三人は幕臣、ひとりは商人であった。

——神林源之丞《かんばやしげんのじょう》、普請奉行から勘定奉行に昇進。久保寺助右衛門《くぼでらすけえもん》、目付《めつけ》から浦賀奉行に昇進。篠山外記《ささやまげき》、勘定吟味役《ぎんみやく》を継続。

いずれも重臣《じゅうしん》だけあって、蔵人介のなかでも顔と名は一致している。上知令《あげちれい》、印旛沼開拓、御料所《ごりょうしょ》改革など、水野忠邦の罷免によって頓挫《とんざ》した重要な施策の数々を陰で支えてきた者たちだ。

「すでに、多くの方々は水野さまと運命をともにされ、罷免や左遷《させん》の御沙汰を下されております。名簿に記載されたのは、運よく難を免《まぬか》れた方々と言っても差しつかえなかろうかと。もっとも、上のふたりは昇進しておりますがな」

串部の指摘するとおり、持ち前の機転を働かせたのかもしれぬし、要領の良さで切り抜けられたのかもしれぬ。だが、出世争いは運だけで乗りこえられるほど甘くない。重臣の座を狙う者たちは、後ろに列をなしている。足を掬《すく》われぬために何よりも肝心《かんじん》なのは金力であり、金さえあれば当座をしのぎ、おのれが望む地位を手に入れるのも夢ではなかった。

「野心の芽を摘んでおけというのが、上意なのでしょうか」

「まさか、上様がご承知のはずはなかろうさ」

「やはり、阿部さまと遠山さまが裁きたい方々ということになりましょうな」

わからぬのは正々堂々と白洲《しらす》で裁かず、隠密裡《り》に始末させようとしているところだ。が、いずれにしろ、悪事の証拠は自分たちでみつけだすしかない。好きに調べるがいいと言いはなった以上、遠山に喋《しゃべ》る気はなかろう。

「この連中を表だって裁けぬのは、証拠《あかし》を残さぬ老獪《ろうかい》さゆえにでござりましょう。おそらく、鍵を握るのは末尾の商人ではないかと」

「出牛《でうし》屋銀兵衛《ぎんべえ》か」

ひとりだけ異彩を放つ札差《ふださし》である。

「ちと調べてみましたが、札差と申しても一年前に御墨付《おすみつき》を得たばかりで、それ以前は年利六割で荒稼ぎをする上方の高利貸しにござりました」

町の高利貸しが参入の難しい札差になることができたのは、土井大炊頭のおかげと言ってもよい。

一昨年の師走《しわす》十四日、土井は蔵前《くらまえ》の札差百名にたいして「今まで未払いの貸付はすべて無利子とし、今後二十年にわたって元本《がんぽん》のみの返済にとどめおくべし」という旗本、御家人《ごけにん》が泣いて喜ぶような触れを出した。

札差は年利一割二分で幕臣への貸付をおこなっている。貸金百両が利息なしで年に五両しか返済されないとなれば、商売は成りたたず、店をたたむしかない。すぐさま、四十九名の札差が廃業を申しでた。当然、幕府は困る。幕臣の多くが当座の金を手にできなくなるからだ。

そこで、苦肉の策として札差仲間に二万両を貸しさげ、それを元手に復業を迫ったところ、どうにか三十八名が店を再開することになった。それでも、十一名は廃業している。その穴を埋めるべく、どさくさに紛《まぎ》れて札差になった高利貸しのひとりが出牛屋であった。

「この出牛屋銀兵衛、抜け目のない男のようで、こっそり座頭金《ざとうがね》の金主《きんしゅ》になっております」

担保を取らず、年利五割や六割の高利で素金《すがね》を貸しつける。なかでも、座頭の貸す金は年利十割とも言われ、市井《しせい》に暮らす者たちからは怨嗟《えんさ》の的になっていた。出牛屋はそうした座頭金の元手を一部負担し、儲《もう》けの何割かを上納させているという。表沙汰になれば処罰されかねない手口を使い、金蔵を肥《ふと》らせてきたのであろう。

「誰の目からみても、阿漕《あこぎ》な商人にちがいござらぬ。されど、金のあるところには蛆虫《うじむし》どもが集まってくる」

悪事の確証を摑《つか》むためには、出牛屋に会ってはなしを聞くのが手っ取り早い。

串部によれば、店は蔵前の鳥越《とりごえ》橋に近い辺りという。

別の調べを申しつけた串部と別れ、蔵人介はその足で両国《りょうごく》へ向かい、神田《かんだ》川に架かる浅草《あさくさ》橋を渡って蔵前までやってきた。

「出牛屋の顔でも拝んでおこう」

そうおもって足を向けたものの、暮れなずむ鳥越橋の手前には怪しげな人影が待ちかまえている。

公人朝夕人《くにんちょうじゃくにん》、土田伝蔵《つちだでんぞう》であった。

先代の伝右衛門《でんえもん》は公方家慶の尿筒持《しとづつ》ちとして仕え、家慶を守る最強の盾でありつづけると同時に、密命を鬼役に繫ぐ間者《かんじゃ》の役目を担っていた。蔵人介にとっては苦楽をともにした仲間であったが、今から一年余り前、密命によって公金着服に関わった大奥老女と御広敷用人《おひろしきようにん》を成敗した際、御広敷用人の配下だった「闇猿《やみざる》」との激闘で非業《ひごう》の死を遂げてしまった。

後を継いだ養子が、若い伝蔵である。体術に優れ、養父譲りの繊細さを持ちあわせており、卯三郎にとっては心強い仲間になってくれそうな相手だけに、蔵人介も一目《いちもく》置いていた。

「何か用か」

わざと冷たい言い方をすると、伝蔵はにやりと笑みを浮かべる。

「どうして笑う」

「亡き養父《ちち》が申したとおりにござります。矢背さまは喜怒哀楽を面《おもて》に出されぬ。『何か用か』と尋ねられたら、唯一、それが指標《しるべ》となる。必要とされているとおもえと」

「伝右衛門がさようなことを。ならば、つぎからは尋ねまい」

「尋ねられずとも、常のごとく先回りせよとも申しておりました。こたびは、遠山さまの密命についてでござります」

おもわず、蔵人介は苦笑する。

「出牛屋を訪ねるのは、時期尚早《しょうそう》とでも言いたげだな」

「正体は判然といたしませぬが、ただの金貸しではござりませぬ」

「安易に突っつけば、怪我をするとでも」

「今しばらく泳がしておくのが賢明かと」

「ほう」

賢《さか》しらな口調が、先代にそっくりだ。

「わかっていただけましたか」

「出牛屋のことはな」

「されば、名簿にあった重臣たちについて、こちらで調べた内容をお伝えいたします」

名簿に載せられた者たちは、消失した千代田城本丸の再建普請にあたって、出牛屋を出資元のひとつとして参入させたうえで、あろうことか、見返りに普請費用の一部を裏金として還元させた疑いがあるという。

「さようなことが、どうしてわかったのだ」

「目安箱《めやすばこ》にございます」

根岸勘介《ねぎしかんすけ》なる若手の勘定方から、目安箱に訴えがあったという。

証拠は不十分であったが、偶《たま》さか公方家慶の目に触れてしまった。

享保《きょうほう》の頃に設置されて以降、原則として目安箱の訴えは公方が直々《じきじき》に目を通すことになっている。だが、時を経て原則はあってなきものとなり、代々、目安箱の管理人が秘かに置かれてきた。以前は小姓《こしょう》組番頭《ばんがしら》の橘《たちばな》右近《うこん》が就き、蔵人介に密命を下す役目を負っていたが、橘は忠臣の意地を通して腹を切った。

橘の遺志を如心尼《じょしんに》に続いて引き継いだのが、老中首座となった阿部伊勢守である。なるほど、目安箱の管理人は鬼役に命を下す権限も備えているものの、蔵人介は今ひとつ阿部を信用していない。

こたびの訴えについても、阿部が慎重さを欠いたことで家慶の目に触れたのではあるまいか。そうした懸念《けねん》を払拭《ふっしょく》できなかった。

「訴えた根岸勘介は、すでに腹を切っております。そのことを側近に確かめられた上様は、命懸けの訴えを無視するわけにはいかぬと、めずらしくも伊勢守さまをお叱りになったとか」

家慶は以前から決断力に乏《とぼ》しく、周囲の意見に「そうせい」と応じるだけの朴念《ぼくねん》仁《じん》だとおもわれてきた。伝蔵の言うとおり、目安箱の訴えに一喜《いっき》一憂《いちゆう》するのはめずらしいことにちがいない。

「重臣たちの名は、訴状に記されておりませんでした」

根岸には一抹《いちまつ》の遠慮があったのか、訴状では「勘定所の上役たち」という表記に留《とど》められていた。まんがいち名が記されていたなら、訴えの真偽は別にしても、名指しされた役人たちは謹慎《きんしん》の沙汰を下されていたにちがいない。

遠山に渡された紙にあった重臣三人と商人の名は、根岸が切腹した際にみつかった遺書に記されていたのだという。

ともあれ、家慶の命で引くに引けなくなった阿部から相談を受けた遠山は、ひと役買ってみせるべく、出牛屋の周辺に配下の隠密廻《おんみつまわ》りを潜りこませた。ところが三日後、隠密廻りは土左衛門《どざえもん》となって百本杭《ひゃっぽんぐい》に浮かんだらしかった。

「誰が殺《や》ったのかはわかりませぬ。南町奉行に就いた遠山さまにしてみれば、猫の手も借りたい情況下で、厄介事を抱えこんでしまった。いろいろ考えたあげく、一気に解決する方法はひとつしかないとお考えになったのでしょう」

遠山の都合で、こっちにお鉢をまわされても困る。

「わしではなく、卯三郎の役目だな」

「さようにございます」

「されど、卯三郎はこの一件を知らぬ」

「いかにも……」

伝蔵は自信なげにうなずき、くっと顎《あご》を突きだす。

「……どういたせばよいか、ご指示を賜《たまわ》りたく」

「それで、わしのもとへまいったのか」

「はい」

「無駄であったな」

「えっ」

「卯三郎に告げるかどうか。おぬしがこの一件に関わるかどうかもふくめて、おのれで判断せねばなるまい」

「おのれで」

「さよう。おぬしの養父は、おのれですべて判断してきた。みずからの死に場所を決めるときもな。後悔したくなければ、おぬしもそうすることだ。誰かを頼ってはならぬ。わかったら行け」

「はっ」

間諜としては有能だが、如何《いかん》せん、経験が足りなすぎる。

いざというときに生死を分けるのは、精神の保ちようにほかならない。

胆を鍛えるには修羅場《しゅらば》の経験を積むしかなく、分厚い壁に阻まれたら、おのれの判断を信じて切り抜けるしかないのだ。

伝蔵の消えた闇のさきには、常識の通用しない悪党どもが潜んでいる。

蔵人介は表情も変えず、鳥越橋の手前で踵を返した。

五

翌朝、蔵人介のすがたは保土ヶ谷宿にあった。

品川《しながわ》、川崎《かわさき》、神奈川《かながわ》を経て、東海道《とうかいどう》四の宿となる保土ヶ谷へ、約八里《り》（約三二キロ）におよぶ夜道を苦にもせず、小休止ひとつ取らずに踏破《とうは》したのだ。

先乗りした串部とは、本陣のそばにある旅籠《はたご》で待ちあわせている。

急いでやってきた理由は、遠山の名簿にあった浦賀奉行に引導を渡すためではない。鐵太郎を捜すためであった。

昨夜、月影に照らされた夜桜を見物しながら御納戸町に戻ると、願人《がんにん》坊主らしき人影が冠木《かぶき》門の門前に佇《たたず》んでいた。「そこで何をしておる」と叱った声に驚いたのか、願人坊主は独楽《こま》鼠《ねずみ》のように逃げ去ってしまった。

ふと、門の片隅に目を落とせば、丸い小石の下に紙が一枚挟《はさ》まっていた。紙を拾って開くと、何処《どこ》とも知れぬ浜辺の風景とともに「市ヶ谷御納戸町矢背蔵人介」という字が記されてあった。

鐵太郎の筆跡《て》にまちがいなく、助けを求めているのだと察した途端、じっとしていられなくなった。湯漬けを一杯啜っただけで旅装に身を固め、一睡もせずに夜の街道を歩きつづけたのである。

旅籠にたどりついてみると、目をしょぼつかせた串部が待っていた。

文に描かれた風景の場所を一刻も早く特定したいと訴え、本人の希望で先乗りしたのである。

「それで、わかったのか」

「いいえ、宿場をひと巡りして片っ端から尋ねましたが、金沢八景《はっけい》の何処かということ以外はわかりませぬ」

「金沢八景か」

「ここから金沢道を南下すれば、四里（約一六キロ）ほどで六浦に達します。六浦にいたる砂浜の何処かだとおもわれますが、そのさきの浦賀にいたる浜辺にも似たようなところがあると申す者もおります」

存外に特定するのが難しいようだ。

「よし、わしも聞いてまわろう」

蔵人介は旅装も解かず、敷居の外へ飛びだした。

すでに、朝の五つ（午前八時）を過ぎている。

一睡もしておらぬのに、眠気を感じなかった。

休んでいる暇はない。鐵太郎はたぶん、凶事に巻きこまれたのだ。悪党どもの巣《そう》窟《くつ》に閉じこめられ、居場所を報せるために、繋がれた部屋の格子《こうし》窓からみえる風景を描き、格子窓の隙間《すきま》から紙を投じたのではなかろうか。

小石を紙に包んだのは、できるだけ遠くへ投じるためだ。その紙を偶《たま》さか願人坊主が拾い、小遣い目当てで届けに来たのだとしたら、厳しい態度で叱りつけたことが悔やまれて仕方ない。

「大殿のせいではありませぬぞ」

串部のことばは、慰めにもならない。

それから半刻《はんとき》（約一時間）余り、旅籠を何軒か訪ねてまわったが、風景を特定できる証言は得られなかった。

あきらめて陣屋のそばへ戻ってくると、襤褸《ぼろ》を纏《まと》った十ほどの小童《こわっぱ》が怖《お》ず怖《お》ずと近づいてくる。ざんばら髪で顔はひどく汚れ、少し離れていても異様なまでの小便臭さに辟易《へきえき》とさせられた。

「銭をくれ」

小童は蚊の鳴くような声で言い、垢《あか》まみれの手を差しだす。

「ほれ、あっちに行け」

串部が小銭をめぐんでも、俯《うつむ》いたまま去ろうとしない。

蔵人介は胸騒ぎをおぼえ、膝を折って同じ目線で問うた。

「どうした、何か伝えたいことでもあるのか」

「うん、ある」

「言ってみろ」

「おとうと爺《じ》っちゃんが斬られた。おかあは妹たちを連れて、鎌倉の東慶寺《とうけいじ》に行っちまった」

小童は吐きすてるように言い、小刻みに震えだす。

蔵人介は身を寄せ、そっと肩を抱いてやった。

「よう耐えたな。おぬし、名は」

「磯松《いそまつ》」

「そうか、磯松か。磯焼けしておるな。もしや、漁師の子か」

「うん」

「詳しいはなしを聞かせてくれぬか」

「うん、いいよ」

小さな腹の虫が、くうっと鳴った。

蔵人介は微笑《ほほえ》む。

「よし、まずは腹ごしらえだ。風呂にも入れてやろう」

「いいのかい」

「ああ、いいとも」

小童をともない、旅籠の敷居をまたいだ。

手代《てだい》や下女は顔を顰《しか》めたが、気にすることはない。

蔵人介も草鞋《わらじ》を脱ぎ、温《ぬる》い湯で足を濯《すす》いでもらった。

串部はさきほどから、首をかしげている。

どうして物乞《ものご》いの小童を助けるのか、わけがわからぬと言いたげだった。

全身を震わせた磯松の様子から、蔵人介は何か抜き差しならぬ出来事が勃《お》こったのではないかとおもったのだ。

もしかしたら、鐵太郎はその出来事に巻きこまれたのかもしれない。

二階廻しの下女に心付けをたっぷり渡すと、豪勢な磯料理が運ばれてきた。

なかでも、皮を炙《あぶ》った甘鯛《あまだい》の刺身は絶品で、磯松はひと皿ぺろりと平らげる。

「おいおい、洟垂《はなた》れの食い物ではないぞ」

串部は文句を垂れながら、地酒を喉へ流しこんだ。

腹ごしらえができると、磯松は風呂へ行き、串部に頭から爪先まできれいに洗ってもらった。

「束子《たわし》でごしごし擦《こす》ってやりましたぞ」

部屋に戻ってきた磯松は別人のようになったが、漁師の子らしく顔も手足も日に焼けていた。

「さて、おもいだしたくもなかろうが、教えてくれ。父御と爺《じじ》さまは、いったい誰に斬られたのだ」

「お役人だよ。米倉さまの横目付で、伊原ってやつさ」

「米倉さまとは、六浦に陣屋を構える大名家のことか」

「そうだよ。おとうは三艘が浦の漁師さ」

初めて聞く浦の名だが、六浦にある漁村のひとつなのだろう。

「それにしても、どうして、おぬしの父御《ちちご》は役人に斬られたのだ」

「よくわからねえけど、浜辺の艀《はしけ》で荷船をみつけたからだとおもう」

「荷船か」

乗っていたのは唐人のほとけが三つと聞き、蔵人介は眉間《みけん》にぐっと皺《しわ》を寄せる。

「おとうが筵をかぶせてやったのさ。誰にも喋《しゃべ》るなと、おいらは言われた。おとうが喋った相手は網元だけさ」

「網元」

白髪白髭の老人で、名は波次郎《なみじろう》というらしい。

「網元は浦賀の御奉行さまに報せたはずだよ」

「浦賀奉行に先んじて、伊原という横目付がおぬしの家にあらわれたのだな」

「そのまえに、浜辺でおとうが斬られるところをみた」

磯松は父親の背に従《つ》いて浜辺へ向かい、流木の陰に隠れて様子を窺《うかが》っていたという。無惨《むざん》にも父親が斬られたあと、役人たちが荷船を燃やすのを確かめてから、磯松は泣きながら家に駆け戻ったのだ。

「おかあたちは逃がしたけど、足の悪い爺っちゃんは動けなかった。伊原は家にはいってくるなり、爺っちゃんを斬り、家に火を放ったんだ」

磯松は木陰から一部始終を眺め、辺りが暗くなるまで震えていた。

そののち、物乞いをしながら何日も掛けて金沢道を北上し、半月前に保土ヶ谷宿へたどりついたのである。

正確な日付を質《ただ》すと、父親が斬られたのはひと月余り前のはなしだった。

さっそく、旅籠の奉公人たちに片っ端から当たってみたが、六浦のほうで異変があったというはなしは出ない。

「大殿、不気味《ぶきみ》ですな。噂にもなっておりませぬぞ」

串部も外をひと巡りしてきたが、異変らしきことを語る者はひとりもいなかった。

「小童のはなし、どのようにお考えですか」

磯松の聞こえぬところで、蔵人介は串部に問われた。

「唐人の荷船を焼き、荷船をみつけた漁師の家も焼いた。おそらく、疫病《えきびょう》を恐れてのことであろうな」

「げっ、疫病にござりますか」

「痘瘡《とうそう》や麻疹《はしか》のたぐいかもしれぬし、わしらの知らぬ疫病かもしれぬ」

米倉家の役人は疫病を領内の一部で封じこめ、外に漏れぬように厳しい箝口令《かんこうれい》を敷いたのだろう。

もしかしたら、鐵太郎は極秘の内容を宿場の何処かで小耳に挟み、六浦のほうへ向かったのかもしれない。医者としての矜持《きょうじ》がそうさせたのだとしたら、軽率な判断だと責めるわけにもいかなかった。

蔵人介は磯松のもとに近づき、願人坊主が置いていった紙をみせる。

「この景色におぼえはないか」

磯松はじっと絵をみつめ、こっくりうなずいた。

「知ってるよ。たぶん、あそこさ。でも、よそ者はたどりつけねえな」

「案内してくれぬか。もちろん、嫌《いや》ならいい。されど、おぬしの助けが、どうしても必要なのだ」

拒まれるとおもったが、磯松はあっさり諾してくれた。

「いいよ。そのかわり、飯をたらふく食わせてくれ」

「無論だ。今から出られるか」

「いつだっていいさ」

小さな先導役が、大人の数倍も逞《たくま》しくみえた。

蔵人介と串部は旅籠をあとにし、金沢道を南に向かって歩きはじめた。

六

弘明寺《ぐみようじ》、笹下《ささげ》、能見堂《のうけん》を経て、金沢八景の瀬戸神社までは約四里（一六キロ）、子どもの足でも八つまでには到達できる。

磯松の後ろ姿を眺めていると、鐵太郎の幼い頃がおもいだされてきた。

「あの子は人参《にんじん》が大嫌いでね、一晩中、人参と睨めっこしていたっけ」

志乃が語ったのは、六つ頃の逸話《いつわ》であろう。

親子の我慢くらべのようなものだったが、仕舞いには空腹に耐えかねた鐵太郎が人参を食べた。幸恵が甘めに味付けしていたこともあり、食べてみると存外に美味《うま》かったらしく、鐵太郎は泣きながら残さずに食べきった。それ以来、食べ物の好き嫌いは口に出さぬようになったが、強情《ごうじょ》っぱりな一面は随所でみられた。

「それからほら、木登りのはなしもおもしろかったねえ」

七つか八つ頃の逸話だったとおもう。鐵太郎はこれと定めた松の木に登ろうとしたのだが、上手に登ることができなかった。落ちても落ちてもあきらめずに挑み、辺りが暮れなずんだ頃、ようやく登ることができた。ところが、あまりに高いところまで登ってしまい、自力で下りてこられなくなったのだ。

後先《あとさき》考えず、高みだけをめざして登りつづける。鐵太郎らしい逸話と言えよう。

ほかにも、いろいろある。蔵人介がもっとも印象深かったのは、十になったばかりの喧嘩《けんか》話であろうか。

町で一番威張《いば》っていたのが、三つ年上の大身《たいしん》旗本の子息だった。あるとき、その子の指図で何人かがひ弱な下士《かし》の子息を取り囲み、撲《なぐ》る蹴るの暴行をくわえていた。ほかの子らが恐がって遠巻きにするなか、鐵太郎は果敢《かかん》にも大将の子に飛びかかっていったのだ。

「昨日のことのように、おぼえておりますよ。あの子は前歯を折られ、瞼も酷《ひど》く腫《は》れてしまった。それでも泣かずに挑みつづけたものだから、相手は気味悪がって尻《しっ》尾《ぽ》を巻いて逃げだした。あのときは快哉《かいさい》を叫びました。弱い者の味方になり、どんなに強い相手でも果敢に刃向かっていく。鐵太郎がどれだけ誇らしかったことか」

矢背家を継いでくれるかもしれぬと、志乃は期待していたのかもしれない。

蔵人介は秘かに期待した。負けず嫌いで無鉄砲な我が子が、立派な鬼役になってくれるのかもしれぬとおもった。

「鐵太郎……」

かならず助けてやると、蔵人介は胸中につぶやいた。

金沢道は上り下りの多い丘陵の連続で、街道の終わりに近い能見堂を過ぎると、ようやく海岸沿いの平坦な道になる。

八つ刻、三人は金沢道の終着点となる瀬戸神社にたどりついた。

「せっかくだから、参詣してまいろう」

巨木が林立する古社は源頼朝《みなもとのよりとも》が伊豆三島《いずみしま》明神を勧請《かんじょう》したとされ、真向かいには妻の北条政子《ほうじょうまさこ》が勧請した琵琶島《びわじま》神社もある。弁財天《べんざいてん》の祀《まつ》られた同神社の参道口には、福石《ふくいし》と呼ばれる大石が立っていた。

「頼朝公が衣服を掛けた石にござりますな」

熔岩《ようがん》が堆積《たいせき》したかのような黒石に触れ、串部は感慨深げに説いてみせる。

弁天社を建てた政子は、おそらく、平潟湾を琵琶湖にみたてたにちがいない。

瀬戸の語源は「狭い戸」であるという。参詣口に戻って海岸のほうへ向かえば、瀬戸と洲崎《すさき》の「狭い戸」を結ぶ瀬戸橋に達する。橋の手前には、武蔵金沢藩の陣屋も建っていた。領内ではもっとも賑《にぎ》やかなところで、旅籠や料理茶屋も軒を並べている。

なるほど、瀬戸から対岸の洲崎までは目と鼻の先だった。両岸を繋ぐ瀬戸橋は潮の干満のたびに急流が押しよせてくるため、中央に石積みの台座が設けられている。

「おもしろい橋だな」

まんなかの台座に立ってみればわかる。

左右に太鼓橋がふたつ架かった景観は、旅人であれば一見の価値があろう。

ところが、名所であるにもかかわらず、さほど賑わっている様子はない。曇天《どんてん》のせいか空気が張りつめており、建物の内からいくつもの目で監視されているような気がしてならなかった。

磯松は陣屋を避けるように歩き、海岸沿いの道を黙々と南へ向かう。

しばらく進むと、絵師の歌川広重《うたがわひろしげ》が『八景図』のなかで描いた金龍院《きんりゅういん》の山門がみえてきた。

金龍院は臨済宗《りんざいしゅう》の古刹《こさつ》、境内の奥へ進めば飛石《とびいし》という巨岩が道から崩れそうな状態で鎮座《ちんざ》している。巨岩の下には塩浜が広がり、巨岩の向こうには「へそ薬師」と呼ばれる太寧寺《たいねいじ》の甍《いらか》が遠望できた。

寺に隣接する風格のある建物は九覧亭《きゅうらんてい》、八景のほかにみえる九つ目の景色は富士山なのだという。曇っているので、今日は拝めそうにない。快晴ならば、絶景を堪能《たんのう》できただろう。

磯松の父親が斬られた三艘が浦は、平潟湾をぐるりと巡った対岸にある。平常《ふだん》ならば渡し船が留まっているというが、桟橋《さんばし》には影すらもなかった。

やはり、何かおかしい。

道の前後をみても、人影がほとんどないのである。

三艘が浦が近づくにつれて、磯松の足取りは重くなった。

無理もあるまい。凄惨《せいさん》な出来事があった浜なのだ。

血塗られた記憶を避けるように浜から離れ、磯松は松林に覆《おお》われた岩山のほうへ向かった。

松林を抜けると、少し登った見晴らしのよい辺りに朽《く》ちかけた御堂が建っている。

「あそこだよ」

唐突に言われて、蔵人介は戸惑ってしまう。

どうやら、金比羅《こんぴら》明神を祀《まつ》った御堂らしい。

今は参拝する者とてなく、子どもたちの遊び場となっていた。

なるほど、磯松の案内がなければ、到底たどりつけぬところだ。

高台から海原を見下ろすと、特徴のある島影がいくつか見受けられ、絵に描かれた風景とほぼ一致している。

格子窓の隙間から紙を投げれば、岩山の下まで転がっていくはずだ。

もしかしたら、鐡太郎は石ではなく、小銭を紙に包んだのかもしれない。

それを願人坊主が拾い、小銭の替わりに小石を包みなおしたのであろう。

いずれにしろ、拾われたのは万にひとつの幸運だった。

だが、御堂に人気《ひとけ》は感じられない。

串部とともに、観音扉を開けて踏みこんだ。

奥の暗がりに支柱があり、端の切れた荒縄が捨ててある。

「新しい荒縄ですぞ。ぼっちゃんは数刻前まで、ここに閉じこめられていたのかも」

「ひと足遅かったか」

ぎりっと、蔵人介は奥歯を嚙《か》んだ。

「燃やされた家をみにいってもいいかい」

磯松の背につづいて岩山を下り、浜辺の道をしばらく歩いた。

遠くに漁師小屋らしき建物が点々とみえる。

どうやら、三艘が浦の漁村らしい。

一番端の棒杭《ぼうぐい》まで歩き、磯松は足を止めた。

目の前には焼け跡があり、肋骨《あばら》の浮きでた痩《や》せ犬が彷徨《うろつ》いている。

「ここだよ、おいらの家があったところさ」

磯松は蔵人介たちを導き、焼け跡の裏手へまわった。

土饅頭《どまんじゆう》が五つ並んでいる。

手を合わせる三人のもとへ、白髪白髭の人物が近づいてきた。

「あっ、網元だ」

磯松は叫び、砂浜を駆けだす。

網元が手にした黄色い花は、菜の花であろうか。

土饅頭に手向《たむ》けるつもりで足を運んだにちがいない。

磯松は身振り手振りで、懸命に事情を説こうとする。

網元は警戒を解き、こちらにゆっくり近づいてきた。

「磯松を助けていただき、感謝いたします」

嗄《しやが》れた声で言い、窪《くぼ》んだ眸子《まなこ》で睨む。

蔵人介も目を逸《そ》らさない。

「おぬしは網元か」

「波次郎と申します」

「感謝せねばならぬのは、こっちのほうだ。磯松がおらねば、ここまでたどりつけなかった」

「御堂に繋がれていたお方をお捜しとか。あのお方とは、どのようなご関係で」

「わしの子だ」

「えっ」

「嘘ではない。大坂で医術を学び、六年ぶりに江戸へ戻ってくるところであった」

「それはそれは、まことに申し訳のないことで」

波次郎は深々と頭をさげ、いっこうに顔をあげない。

「どうして謝るのだ」

「村を救っていただきました」

「今は何処におる」

「浦賀の御奉行所かと」

身柄を移されたのは、昨晩であったという。

御堂に軟禁したのは、米倉家の役人たちであった。

「村に勃こった災厄《さいやく》が外に漏れてはならぬ。それゆえ、寝食も忘れて疫病退治の先頭に立たれた矢背さまに、縄を打ったのでござります。あまりに理不尽《りふじん》なはなしゆえ、必死に抗議はいたしました。されど、お役人たちは聞く耳を持たず、そうこうしているうちに、浦賀の御奉行さまが半ば強引に連れていっておしまいに。米倉家の連中は、厄介払いができたと喜んでおりました」

網元に疫病の正体はわからない。土饅頭の下で眠っているのは、罹患《りかん》した村人たちではなかった。横目付の伊原十郎左衛門によって撫《な》で斬《ぎ》りにされた者たちだという。

「伊原十郎左衛門は半狂乱となり、磯松の父親や爺さまだけでなく、逃げまどう罪のない村人たちを斬りました」

そして、みずからも腹を切ろうとしたが死にきれず、何処かへ出奔《しゅっぽん》した。

「お役人たちは懸命に捜しておりますが、いまだにみつかっておらぬようで」

惨事があった翌日から、村人の何人かが下痢《げり》や嘔吐《おうと》の症状を訴えはじめた。念のために症状のある者たちは寺に集められ、米倉家に仕える藩医と手伝いの小者以外は誰とも触れてはならぬと命じられた。

ただ、平常から漢方薬を処方することしかできぬ藩医は、患者をひとつところに集める以外に何もしなかった。

そこへ、鐵太郎が風のようにあらわれたのだ。

今からひと月ほど前のはなしだと言うので、蔵人介と串部は目を丸くした。

「それはまことか」

「はい。疫病に襲われた村があるという酔客の与太話《よたばなし》を小耳に挟んだと伺《うかが》いました」

三保の松原の絵文は桜ではなく、梅が咲いた頃に描かれたものであった。飛脚の手違いか何かで、ひと月も遅れて届けられたのだろう。与太話を耳にさえしなければ、鐵太郎は疾うに江戸へ着いていたはずだ。

「むうっ」

気づいてやれなかったことが口惜《くちお》しかった。

鐵太郎は役人の制止を振りきって寺に住みこみ、患者たちに治療を施しはじめたという。治療の甲斐もなく、体力のない老人や子どもが亡くなっていった。ただ、数日すると、何とか生きながらえた患者に快復の兆しがあらわれ、新たな患者も見当たらなくなった。

「あのお方は見返りも求めず、村のために尽くしてくださった。生き神さんだと、わしらは崇《あが》めました。ところが、米倉家の連中はそうじゃなかった。下手なことを外で言いふらされては困る。何しろ、藩の存亡にも関わる重大事ゆえ、誰に聞かれても疫病のことは知らぬ存ぜぬで押し通すしかない。それゆえ、邪魔になった先生には縄を打つしかなかったのでござりましょう」

「浦賀奉行には、おぬしから実情を伝えたのか」

「はい、それが裏目に出てしまったのかもしれません」

浦賀奉行はみずからの判断で、鐵太郎を裁こうとしているのかもしれぬという。面目を失った藩医にとっても、疫病を鎮《しず》めた外の医者には消えてもらったほうが好都合なのだろう。

「まちがいなく、裏金が渡っておりましょう。もしかしたら、得手勝手《えてかって》に罪をでっちあげられるかもしれません」

死罪でも申しつけられたら、たまったものではない。

「急がねばならぬな」

蔵人介が吐きすてると、波次郎は即座に応じた。

「船を出します。わしがお連れしましょう」

「恩に着る」

「それくらい、あたりまえにござります」

鎌倉の東慶寺へ行きたい磯松とは、ここで別れねばならなかった。

蔵人介は感謝の気持ちを伝えるべく、深々と頭《こうべ》を垂れた。

「世話になったな。おぬしの勇気には痛み入る」

「生き神さんを助けてやってね」

磯松はにっこり笑い、堂々と胸を張って歩きはじめる。

蔵人介は後ろ髪を引かれるおもいで浜を去り、波次郎の操る漁船で翳《かげ》りゆく平潟湾へ漕ぎだした。

七

浦賀奉行に就いたばかりの久保寺助右衛門とは何者なのか。

「食えねえ御奉行さまだで」

船尾で舵を握る波次郎は、あまり良い印象を抱いていない。

「喩《たと》えてみりゃ、狡猾《こうかつ》な狐《きつね》だわな」

小藩の重臣や藩医から小金を貰い、罪のない者を土壇場《どたんば》へ送る。とうてい信じがたい裁きも平然とやってのけそうな人物らしい。

つい先日までは目付《めつけ》だった。幸恵の弟の綾辻市之進《あやつじいちのしん》は徒目付《かちめつけ》なので、事前に評判を聞いてきたのだが、一時は市井から「妖怪」と綽名《あだな》されて毛嫌いされた鳥居耀蔵に忠誠を誓い、蘭学《らんがく》に関わった者たちを牢に入れるべく執念を燃やしていたという。

ところが、水野忠邦が老中を一度目に罷免されたあたりから、鳥居とは関わりを持たぬように立ち位置を変えた。おそらく、鼻が利《き》くのだろう。泥船に乗らなかったおかげで、鳥居に連座して降格になることもなく、順当に遠国《おんごく》奉行への出世を遂げたのだ。

出世したところで、底意地の悪い性分は変えられない。

鐵太郎は蘭方医でもあるし、最悪は消されるかもしれぬと、蔵人介はおもった。疫病の実態とともに、すべて無かったこととして葬られるのだ。

ありがたいことに、夜の海は凪《な》いでいる。

左手後方に遠ざかるのは、猿島《さるしま》の島影であろうか。

漁船は海岸に沿って進んだが、夜の海はさすがに恐い。

外海から流れこむ潮の流れは疾《はや》く、岩場の多い半島の縁を巡って浦賀湊《みなと》までたどりつくのは難しかった。

波次郎が船首を向けたのは走水《はしりみず》の手前、馬堀《まぼり》と呼ばれる浜辺である。

今は亥《い》ノ刻（午後十時）を過ぎた頃合いであろう。

雲の割れ目から月が覗いており、おおよその刻限は見当がつく。

波次郎は浜にあがってからも、浦賀までの案内役を引きうけてくれた。

三人は松林を抜けて歩きつづけ、低い峠を越えて街道に行きあたった。

「浦賀道《うらがみち》だで」

六浦を起点にして相模国の浦郷《うらのごう》、さらに難所の十三峠《じゅうさんとうげ》を越えてからは、逸見《へみ》、汐入《しおいり》、公郷《くごう》、大津《おおつ》とたどる街道である。江戸から浦賀までは十七里半（約六九キロ）の道程になるという。

漁船を出してもらったおかげで、大津までの道程を飛ばすことができた。あとは「馬子《まご》泣かせの道」と呼ばれる矢の津坂を進めば、やがて、潮の香りが濃厚に漂ってこよう。

浦賀湊は近い。

左手にみえてきたのは、昏《くら》い海であった。

古くは「浦河《うらがわ》」と呼称された地名の由来は、陸地に細長く入り込んだ入江が川のようにみえるからだという。

海岸沿いには廻船《かいせん》問屋や干鰯《ほしか》問屋が軒を並べ、東西の岸辺には漁村もある。漁師たちは冬場に湊全域に大きな網をかけて「魚走り漁《すばしりりょう》」をおこなう以外は、沖まで航行してきた菱垣《ひがき》廻船や樽《たる》廻船の引き船で生計《たつき》を立てていた。

湾内を行き交う漁船と伝馬船《てんません》は三百艘《そう》を超え、引き船の手間賃も公儀《こうぎ》に定められている。ただし、引き船をやるには浦賀奉行の許しが必要で、許しを貰うかわりに流人船《るにんぶね》の引き船や難破船の救助などを義務づけられていた。

何もかも、波次郎から教わったはなしである。

文化《ぶんか》年間からは目にみえて増えた異国船への対応として、湊口《みなとぐち》に建つ灯明《とうみよう》堂の背後の山頂と観音崎《かんのんざき》の突端に大筒《おおづつ》を構えるための台場《だいば》が築かれ、会津《あいづ》藩などの藩士たちが砦《とりで》の防《ふせぎ》に配されているという。

夜間なので湊の形状は想像するしかないが、湾内には漁船の艫灯《ともあか》りがいくつも見受けられた。

海岸に沿って進み、伝馬船の船着場までやってくる。

右手のこんもりとした山影は愛宕山《あたごやま》で、奉行所は愛宕山を越えた向こうにあった。

海岸沿いに巡っても、奉行所まではさほど遠くない。

先へ進むと、船改めをおこなう船番所《ふなばんしょ》がみえてきた。

桟橋は長大である。船番所においては、江戸湾に出入りするすべての船を改める。

ただし、幕府の役人が直々に改めるのではなく、約百軒からなる問屋に役目が振りわけられていた。

「上方の新酒を運ぶ番船競《ばんせんくら》べも、ここが終着点にございます」

何年かに一度、摂津《せっつ》や大坂から新酒を運ぶ樽廻船の速さ競べが催される。たいていは如月の終わりにおこなうようだが、今年は新酒の出来《でき》が芳《かんば》しくなかったのか、開催されていなかった。

ともあれ、蔵人介たちは目的地に着いた。

時刻は真夜中、月の位置から推すと子《ね》ノ刻（午前零時）前後であろうか。

辺り一帯は寝静まっても、歩みを止めるわけにはいかない。

波次郎によれば、奉行所は砦《とりで》のような建物だという。

敷地は東西四十五間《けん》（約八二メートル）、南北四十間（約七三メートル）ほどもあり、建物の広さは六百坪を超えている。

「ぐるりと堀で囲まれ、東面の北寄りに表門、北面の中央に裏門がございます。門前には与力《よりき》や同心《どうしん》たちの家が軒を並べており、門前に近づく怪しい者があればすぐさま、お役人たちが飛んでまいりましょう」

「難攻不落の砦か」

波次郎のはなしに耳をかたむけ、串部はふうっと溜息《ためいき》を吐《つ》いた。

「大殿、どういたします」

「網元に助けてもらい、ひと芝居打つしかなかろう」

「いよっ、待ってました」

串部は戯《おど》けた調子で、芝居見物の客まねをする。

くるっと、蔵人介は背を向けた。

串部はめげない。

「腕が鳴るなり法隆寺《ほうりゅうじ》」

わけのわからぬ台詞《せりふ》を吐き、腰に差した同田貫《どうたぬき》の柄《つか》を撫でまわす。

波次郎は緊張で顔を強《こわ》ばらせた。

さすがに、ただでは済むまいとおもったのだろう。

「心配せずともよい。御門を通ることさえできれば、おぬしは御役御免《おやくごめん》だ。あとのことは任せてほしい。けっして、悪いようにはせぬ」

「承知しました。生き神さんのお父上を信じぬわけにはまいりませぬ」

蔵人介は段取りを説き、三人で足早に奉行所へ向かう。

めざすのは正門ではなく、北面の裏門であった。

まずは、堀に架かった橋を渡らねばならない。

門脇には夜間でも篝火《かがりび》が焚《た》かれ、六尺棒を握った番人が睨みを利かせている。

波次郎は先頭に立った。

どうやら、番人とは顔馴染《なじ》みらしい。

「三艘が浦の網元、波次郎にございます」

少し離れたところで名乗ると、番人は眉《まゆ》を顰《ひそ》めながらも軽くうなずいた。

波次郎は歩《ほ》を進め、声を低くする。

「米倉さまご家中の御番頭《ごばんがしら》さまとご従者をお連れいたしました。御奉行さまに火《か》急《きゅう》の御用がございます」

「かような真夜中にか」

「火急の御用向きゆえ、お取次ぎ願えねば一大事になるやもしれませぬ」

「一大事だと」

番人は「ちっ」と舌打ちし、奥に引っこむ。

しばらく待っていると、宿直の若侍があらわれた。

「米倉家の御番頭が、いったい何の御用でござろう」

居丈高《いたけだか》な態度だ。

蔵人介は怒気《どき》を込め、若侍を睨みつけた。

「たわけめ、疫病の一件に決まっておろうが。早う御奉行に取りつがぬか」

気合いに圧倒された若侍は、身を縮めて踵を返すしかない。

さらに、四半刻ほど待たされた。

これ以上待たされたら、踏みこむしかあるまい。

覚悟を決めたところへ、さきほどの若侍が顔をみせた。

「御名を頂戴できましょうか」

「塩浜愛宕左衛門《しおはまあたござえもん》だ。通るぞ」

「はっ、こちらへ」

蔵人介は波次郎に目配せし、串部を連れて門の敷居をまたぐ。

軋《きし》みをあげて門が閉まるまで、網元は頭を垂れたままでいた。

かたじけないと胸中につぶやき、蔵人介は若侍の背につづく。

案内されたのは、玄関をはいってすぐ脇の控え部屋であった。

しばらく待っていると、衣擦《きぬず》れとともに五十男がやってくる。

背恰好は中肉中背、蟷螂《かまきり》のような顔に泥鰌髭《どじょうひげ》を生《は》やしていた。

——久保寺助右衛門。

こやつだ、千代田の城中で目にしたことがある。

野心を隠しもせぬぎらついた眸子で、久保寺は上座から睨みつけてきた。

八

蔵人介の左脇には、黒鞘《くろさや》に納まった柄の長い刀が置かれている。

——粟田口国吉《あわたぐちくによし》。

出羽《でわ》国山形《やまがた》藩六万石を治める秋元家の殿さまに頂戴した。

二尺五寸の本身《ほんみ》を巧みに抜けば、哀愁を帯びた刃音を奏《かな》でる。

「鳴狐《なきぎつね》」と呼称される名刀を、抜くかどうかはわからない。

蔵人介は誰もがみとめる幕臣随一の手練《てだれ》、よほどの相手でなければ愛刀を抜くことはなかった。もっとも、田宮《たみや》流の居合《いあい》を修めた名人にとって、刀を抜くことはさほど意味をなさない。鞘の内で勝負を決するのが居合の真髄《しんずい》ゆえにである。

「ふん」

久保寺は不機嫌そうに鼻を鳴らし、口髭《くちひげ》をしごいた。

左脇には金箔《きんぱく》の施された見事な拵《こしら》えの刀が置いてある。

おおかた、金に飽かして買った名刀であろう。

その刀が抜かれた瞬間、力量は判別できるにちがいない。

引導を渡すべき相手か否かは、今からの問答ではっきりする。

鬼役と対峙《たいじ》する者は誰であろうと、生死の境目に座らされているものと覚悟を決めねばならぬ。

ただし、本人は何ひとつわかっていなかった。

みずからの寿命が風前《ふうぜん》の灯《ともしび》かもしれぬというのに、久保寺は鳥のように首をかしげてみせる。

「米倉家のご重臣にはひととおりご挨拶を頂戴したが、塩浜愛宕左衛門という名に聞きおぼえはないな」

蔵人介は顔色ひとつ変えず、物静かに応じた。

「そんなことはどうだっていい」

「……な、何じゃと。おぬし、わしを誰だとおもうておる。たかだか一万二千石《ごく》の御番頭づれが対等に口のきける相手ではないのじゃぞ」

「そいつはすまなんだ。ところで、疫病を鎮《しず》めた医者はどうしておる」

「ふん、牢に繋いでおるわ」

「裁きは」

「もう終わった。あやつは斬首《ざんしゅ》にする。夜が明ければ、鬼門《きもん》の土壇場に屍骸《むくろ》を晒《さら》すであろうよ」

「斬首にする理由《わけ》は」

「おぬしに説く必要はなかろう」

「藩医に金でも貰ったのか」

「蘭方医をどうにかしてほしいと泣きついたのは、そっちではないか。今さら、四の五の言われても迷惑なはなしだ」

「誰かに頼まれずとも、斬首にする肚《はら》でおったのだろう」

「まあな。そもそも、蘭学なんぞというものはまやかしじゃ。ことに蘭方医はな、神仏をも恐れぬ不届きな連中にほかならぬ。何しろ、平気な顔で屍骸の腑《ふ》分《わ》けをするのじゃからな。生きておったら、世のためにならぬのさ」

おもった以上に偏狭《へんきょう》な考え方の持ち主だ。

蔵人介は微動もせず、落ちついた口調でつづけた。

「ところで、出牛屋銀兵衛は知っておるか」

「えっ」

惚《とぼ》けてみせる暇もない。

狼狽《うろた》えた間抜け顔が、すべてを物語っている。

ここぞとばかりに、蔵人介はたたみかけた。

「千代田城御本丸の再建普請で普請奉行や勘定吟味役と共謀し、出牛屋に便宜《べんぎ》をはかったな。無論、おぬしは見返りに裏金を手にした。普請費用の一部だ。公金を着服したも同然の大罪よ。証拠の裏帳簿もあるゆえ、言い逃れはできぬぞ」

巧みに嘘を織りまぜ、相手を追いこんでいく。

ただし、久保寺も正気を失ってはいない。

どうにか冷静さを保ち、充血した眸子を怒らせた。

「おぬし、米倉家の者ではないな。もしや、公儀《こうぎ》の隠密か」

「さて、どうかな。申し開きがあれば、聞いてやってもよいぞ」

「出牛屋との関わりで誰よりも甘い汁を吸ったのは、普請奉行から勘定奉行に昇進なさった神林源之丞さまじゃ。神林さまは秘かにご命じになった。『普請の遅れを取りもどすには、外から余計な口を挟ませてはならぬ。鳥居甲斐守の配下で口うるさい連中は片っ端から捕縛せよ』とな。それで、目付のわしが動いた。出牛屋の金《きん》子《す》は、貰って当然の報酬じゃ」

悪事を悪事ともおもっていない。長らく不正に手を染めていると、仕える立場だということも忘れてしまうのだろう。

「はなしはわかった。やはり、おぬしが助かる道はなさそうだ」

蔵人介の台詞を聞き、久保寺は前のめりになる。

「おぬし、わしの命を獲《と》りにまいったのか。いったい、誰の指図じゃ」

「教えてほしくば、素直に罪をみとめよ。さすれば、武士らしく死なせてやる」

「こやつめ……」

久保寺は叫ぼうとした。

蔵人介は滑るように膝行《しっこう》し、にゅっと右腕を伸ばす。

「……ぬぐっ」

久保寺の喉首を鷲摑《わしづか》みにし、振りむかずに叫んだ。

「串部、牢に行け」

「はっ」

串部は外の気配を探り、誰もいないのを確かめるや、廊下へ躍りだす。

蔵人介は手の力を弛《ゆる》めない。万力《まんりき》のように喉首を締めつけると、久保寺は白目を剝《む》いた。

すっと、力を弛める。

「……ぐえっ、げほげほ、ぐえほっ」

悪党奉行は這《は》いつくばり、真っ赤な顔で咳きこむ。

廊下の奥から跫音が迫り、襖《ふすま》越しに声が掛かった。

「御奉行、大事ござりませぬか」

襖が左右に開かれ、さきほどの若侍が飛びこんでくる。

「狼狽えるな」

蔵人介に一喝《いっかつ》され、若侍は棒立ちになった。

「久保寺助右衛門はたった今、公金着服の罪を認めた。この場で成敗《せいばい》いたすゆえ、おぬしは証人として見届けよ」

「えっ」

「それが嫌なら、こやつと運命《さだめ》をともにせねばならぬ。よいのか、それで」

若侍は否《いな》とも諾とも せず、惚《ほう》けたように固まっている。

「これは上意である」

蔵人介は威厳をもって言いはなち、わざと久保寺に背を向けた。

立ちなおった悪党奉行は金箔《きんぱく》の鞘《さや》を拾い、震える手で本身を鞘走《さやばし》らせる。

「死ね」

背後から刺突《しとつ》がきた。
すでに、蔵人介は相手の力量を見抜いている。
背を向けたまま右の脇を開き、勢いよく突きだされた刀を腕ごと包みこむ。
相手の肘《ひじ》を伸ばして関節をきめると、名刀らしき本身が畳に落ちた。
すかさず、その刀を拾い、振り向きざま、上段に浅く構える。
「うげっ」
久保寺が見上げていた。
丈六尺（約一八二センチ）の蔵人介からみれば、相手は首ひとつ小さい。
それでも、久保寺は下から睨《ね》めつけ、脇差《わきざし》を抜こうとする。
つっと、蔵人介は身を寄せた。
上段の構えを崩さず、刀身ではなく、柄頭《つかがしら》を相手の眉間に落とす。
——がつっ。
鈍い音とともに、左右の目玉が飛びだした。
——田宮流秘技、柄砕《つかくだ》き。
刀で斬るまでもない悪党に繰りだす技だ。
額《ひたい》の骨は瞬時に割れ、脳味噌が大きく揺れたにちがいない。

運よく一命を取りとめたとしても、揺れた脳味噌を元に戻すことは難しかろう。

「ひぇっ」

若侍は尻餅をつき、気を失ってしまう。

蔵人介は久保寺の刀を脇に抛《ほう》った。

と、そこへ、串部が戻ってくる。

背には鐵太郎を負《お》ぶっていた。

「ご心配なく。眠っているだけにござります」

牢屋役人を昏倒《こんとう》させ、鍵を奪って助けだしたのだろう。

「ふむ、ご苦労」

蔵人介は素《そ》っ気《け》なく言いつつも、わずかに眸子を潤ませる。

俯《うつぶ》せになった久保寺を眺め、串部はうなずいた。

「大殿、長居は無用にござります」

「よし、まいろう」

蔵人介はみずからの長柄刀《ながつかとう》を拾い、手慣れた仕種《しぐさ》で腰帯に差しこむ。

廊下に出ると後ろ手で襖を閉め、何事もなかったかのように歩きはじめた。

九

蔵人介と串部は樽廻船に便乗して品川沖まで戻り、朝方には荷船で品川宿へたどりついた。そのあいだ、鐵太郎は眠りから醒《さ》めず、草鞋を脱いだ旅籠でも昏々《こんこん》と眠りつづけた。

目を醒ましたのは夕方のこと、鐵太郎は蔵人介の顔をみても夢のなかにいるのではないかと勘違いしたほどだった。そして、絶望の淵から救われたのを知ると、溢れる涙を止めることができなくなった。

父親と再会した喜びと命を長らえたことへの安堵《あんど》と、六浦湊の漁村で疫病と格闘した日々の苦労と。蔵人介の顔をみて緊張が解けた途端、さまざまな感情が激流となって逆巻き、制御できなくなったのだろう。

浦賀奉行所ではたいして暴行も受けておらず、鱚《きす》や鰈といった旬の鮮魚料理を平らげると、鐵太郎はめざましいほどの快復ぶりをみせた。熱い風呂に浸かって少しは落ちついたようだが、この日は旅籠に泊まることに決めた。

「みなが首を長くして待っておるぞ」

迎えいれの準備を整えておくべく、串部は夜のうちに旅籠をあとにした。

父子水入らずで過ごすのは、ひょっとすると今宵《こよい》が初めてかもしれない。

幼い頃はいつも、幸恵も入れて親子三人で川の字になって眠った。武家は何処もそうであるように、乂離《ばな》れの十になる年から男の子はひとりで眠るようになる。蔵人介は敢えて感情を面に出さず、常のように近寄り難い父親でありつづけた。

役目柄、死の影を纏《まと》っていたのかもしれない。感受性の鋭い幼子は、本能で近寄ってはならぬ相手を察知する。鐵太郎もそうであったし、父と子のあいだには次第に壁が築かれていった。

もちろん、血を分けた我が子が可愛くないはずはない。

六年離れていても、蔵人介にとって鐵太郎は幼いままの鐵太郎であった。

ただ、面と向かうと、おたがいにぎこちなくなり、喋るのが恥ずかしいような気にさせられる。千載一遇《せんざいいちぐう》の機会だというのに、黙って過ごす時が長くなった。とはいえ、六浦湊の漁村を襲った疫病の正体については、詳しく聞いておかねばならない。

「虎狼痢《コロリ》にござります」

鐵太郎は、きっぱりと言いきった。

十三年前の秋に清国《しん》から九州に上陸した疫病で、とりわけ大坂においては多くの死者を出したものの、流行が箱根《はこね》の山を越えなかったために、江戸ではほとんど知られていなかった。

「患者は激しい下痢《げり》と嘔吐《おうと》を繰りかえし、からだから急速に水分を奪われて、最悪三日ほどで死にいたります」

ころりとすぐに死んでしまうところや、虎のように猛威を振るって瞬く間に人から人に伝染《うつ》るところから、恩師の緒方洪庵が「虎狼痢」と名付けたらしい。

「わたしは文献でしか存じませぬ。されど、罹《かか》った者たちはあきらかに、虎狼痢の症状をみせておりました」

乳色の下痢便は米のとぎ汁のようで、甘ったるい臭いがあった。下痢を繰りかえして大量の水分を失った患者は、皮膚が乾燥して摘《つ》まんでも元に戻らなくなる。頬が瘦《こ》けて眸子は落ち窪み、意識は朦朧《もうろう》として亡者《もうじゃ》のごとき様相を呈するのだ。

漁民たちにしてみれば、目にみえぬ未知の疫病に襲われた恐怖は想像を絶するものだったにちがいない。疫病の正体を知る医者がどれほど頼りにされていたのかは容易にわかる。

「残念でたまりませぬ。できるかぎりのことはいたしましたが、老いた者や幼子が十二人も亡くなりました」

それでも、寺の一隅に患者を集めた武蔵金沢藩の初期対応はまちがっておらず、感染の広がりを最小限に食いとめる要因になった。

肝心の治療については、妙薬《みようやく》があるわけではない。失われた水分を補給しつつ、本人の治癒力《ちゆりよく》に頼るしかなかった。それでも、鐵太郎は水分を補給しやすいように、患者に塩と砂糖を混ぜた白湯《さゆ》を経口でのませた。ひと月近くも根気よく患者たちに寄り添い、感染を抑えこんでみせたのである。

「仁《じん》の精神を尊ぶ医者として、当然のことをしたまでにござります」

誰の目からみても賞賛されるべきおこないだった。にもかかわらず、藩の連中は鐵太郎に縄を打ち、岩山の朽ちかけた御堂に軟禁した。

そもそも、藩の役人や医者たちは、虎狼痢の正体をきちんと理解できていたのだろうか。その点は首をかしげるしかない。人から人に感染《うつ》る疫病は祟《たた》り神《がみ》や瘴気《しようき》の仕業《しわざ》だと考えられており、罹患《りかん》した者は穢《けが》れとみなされ、結界《けつかい》をめぐらせた寺の片隅に隔離される。治すのではなく、排除する。そして、最悪は何もかも焼きつくすという発想しかなかったのだろう。

鐵太郎がいくら大陸からもたらされた疫病だと説いても、まったく聞く耳をもたず、懸命の治療によって患者を治したあとも、藩の連中は「虚言《きよげん》を吐く蘭方医は厳罰に処さねばならぬ」と主張しつづけた。

「始末に負えぬ輩《やから》だな」

冷静な蔵人介も憤慨《ふんがい》せざるを得ない。

蘭方医は人を誑《たぶら》かすまやかしにすぎぬと断じ、適当な理由をでっちあげて断罪しようとする。そうした偏狭《へんきよう》な考え方をする役人の典型が、浦賀奉行の久保寺助右衛門であった。

「浦賀奉行は蘭学を学ぶ者を憎んでおりました。かつての鳥居甲斐守を彷彿《ほうふつ》とさせる御仁ですが、幕閣《ばつかく》にも諸藩にもああした方々はまだまだ多い。蘭学がいかに必要かを医術を通して粘り強く説いていかねばなりませぬ」

鐵太郎は信念を込めて主張する。

ずいぶん大人になったなとおもい、蔵人介は誇らしげにうなずいた。

六年前、鐵太郎はとある蘭学者に傾倒《けいとう》し、三河《みかわ》国田原《たはら》藩家老《かろう》の渡辺崋山《わたなべかざん》やシーボルトの鳴滝《なるたき》塾で塾長をつとめたことのある高野長英《たかのちようえい》らと交流を持った。諸外国にたいして頑《かたく》なに門戸を閉じる幕府は異国船打払令《いこくせんうちはらいれい》を発令しており、遍《あまね》く門戸を開いて西洋の知識を取り入れるべしとする蘭学者たちは「蛮社《ばんしや》」と蔑称《べつしよう》され、目付筋から危うい連中とみなされていた。

鐵太郎はまだ十四にすぎなかったが、蘭学の修得に関しては高野長英に才を賞賛されるほどの実力をみせ、異国の人々が暮らすという小笠原《おがさわら》島を経由して、いずれは西洋諸国へ渡航する夢を抱いた。それが鳥居甲斐守の仕掛けた罠《わな》であることにも気づかず、幕府の禁じる密航の企てに参じようとしたのである。

運よく罠を回避できたものの、島嶼《とうしょ》への密航を企てた罪で蘭学に理解のある渡辺崋山は捕縛され、高野長英も幕府に抗う思想の持ち主として入牢《じゅろう》にいたった。蘭学潰しを目論《もくろ》む鳥居甲斐守が望んだとおりに事は進み、蘭学に関わる多くの者たちが縄を打たれるなか、鐵太郎の身も危うくなった。

そのときに助け船を出してくれたのが当時勘定奉行だった遠山景元であり、身を守るために当面は江戸を離れることを強く薦《すす》めてくれた。遠山の後押しもあって、鐵太郎は大坂で医者をはじめた緒方洪庵のもとへ旅立ったのである。

「大坂では毎日、洪庵先生や塾生たちから刺激を受けております」

眸子を輝かせる我が子が頼もしく、蔵人介の心は喜びに満たされた。

このたび、わざわざ江戸へ下ってきたのは、緒方洪庵から疱瘡《ほうそう》に関する重要な使命を託されたからだという。

「疱瘡は以前より、わが国で猛威を振るってまいりました」

感染は口や鼻の膿《うみ》や瘡蓋《かさぶた》から生じ、十日余りの潜伏期間を経て発熱する。倦怠《けんたい》や頭痛といった症状ののち、顔、腕、脚などに発疹《ほっしん》が出てくる。発疹は膿になったあとに乾燥し、黒い瘡蓋が取れると皮膚の色は薄くなる。

快復にはひと月余りも要し、生涯にわたって痘痕《あばた》が顔に残ることもあるため、市井では「疱瘡は見目定め《みめさだめ》」などという言いまわしも使われていた。重篤《じゅうとく》から死にいたることも多く、古来から人々に恐れられている疫病のひとつにほかならない。

「疱瘡を撲滅《ぼくめつ》する切り札と考えられているのが、種痘《しゅとう》にござります。されど、種痘をおこなうには、和蘭陀《オランダ》から高価な痘苗《とうびょう》を入手せねばなりませぬ。わたしは洪庵先生から痘苗入手の嘆願書を預かってまいりました」

嘆願書をまずは理解のある福井《ふくい》藩松平《まつだいら》家へ持ちこみ、松平家の殿さまから推挽《すいばん》を得たうえで幕府のしかるべき筋へ届けるつもりだという。

蔵人介は黙って耳をかたむけるしかない。種痘に関する知識は、ほとんどないも同然だった。知識がなければ理解も進まぬ。そんな蔵人介を幕府の役人にみたて、鐵太郎は種痘が発見された経緯《いきさつ》やそれがいかに有効かを嚙み砕いて説いた。

「唐国《から》では古くから、疱瘡の瘡蓋を粉末にして鼻に吹きこむといった人痘法《じんとうほう》がおこなわれておりました」

人痘法は長崎《ながさき》にも伝わり、西国《さいごく》にある秋月《あきづき》藩の藩医などが試みたが、なかなか成功しなかった。一方、英国《イギリス》では五十年ほどまえ、ジェンナーなる医者が牛の膿を用いた牛痘法《ぎゅうとうほう》を考案していた。これが海を渡って広まり、疱瘡流行の抑制に絶大な効果を発揮したのである。

「西洋では痘苗をワクチン、種痘をワクチネイションと呼ぶそうです。ワクチンは西洋の古いことばで雌牛《めうし》をあらわすワッカに由来します」

日本では約二十年前、蝦夷《えぞ》で種痘がはじめて試された。露國《ロシア》から帰国した漂流民などによって細々と伝えられていたのだが、日本人の蘭方医たちに西洋の種痘術を実演してみせたのは、長崎に鳴滝塾を開いたシーボルトであった。

シーボルトはのちに幕府の禁令に触れて国外追放となり、種痘を広める機会も失われてしまったが、蘭方医のあいだで種痘の意義は脈々《みゃくみゃく》と受け継がれていた。たとえば、京や福井の蘭方医で牛痘苗を海外から入手すべきと訴える者たちもあったが、藩からは門前払いのあつかいを受けつづけた。

牛痘に関しては「打ったら牛の角が生える」といった迷信も一部の地域では流布《るふ》しているという。

「福井藩松平家においては笠原良策《かさはらりょうさく》先生が啓蒙《けいもう》につとめられ、種痘に理解をしめすご重臣も見受けられるようになりました。されど、洪庵先生は仰《おっしゃ》いました。下から浸透させていくだけでは遅い。幕府を動かし、一気に上から大号令を掛けねばならぬと。われわれの狙いは、各所にできるだけ多くの種痘所を設けることにほかなりませぬ」

志は見事だし、手助けしてやりたいとおもう。だが、幕府の医官は漢方医によって占められている。鐵太郎の主張はまずまちがいなく、旧態依然《きゅうたいいぜん》とした医学館《いがくかん》の権威と真っ向からぶつかることになろう。

前途多難と言うしかないが、蔵人介は憂いをいっさい面に出さない。一方では鼓《こ》舞《ぶ》するようなことばも吐かず、黙然《もくねん》とうなずくだけであった。

いずれにしろ、明日は江戸に向けて旅立つ。

父と子は枕を並べ、浅い眠りに就いた。

十

江戸は春たけなわ、墨堤の桜が春風に花弁を雪と降らせる光景もまた乙《おつ》なものだ。

蔵人介と鐵太郎が御納戸町の家に戻ったのは、午《うま》ノ刻（午後零時ごろ）を少し過ぎた頃だった。

おそらく、串部か吾助が交代で門前まで様子見に出ていたのだろう。辻を曲がって冠木門までやってくると、志乃や幸恵や卯三郎が門前に勢揃《せいぞろ》いしており、旅装のふたりを出迎えてくれた。

「鐵太郎、よう戻ったな」

最初に声を掛けてきたのは、権太坂の茶屋で「鬼斬り国綱」を授けた志乃である。

「大きゅうなったな。細っこいからだじゃが、丈《たけ》だけみれば父とさほど変わらぬではないか。のう、幸恵どの、愛《いと》しい男の子は見上げねばならぬほどの若武者におなりじゃ」

かたわらで幸恵は感極《かんきわ》まり、ことばを発することもできない。

卯三郎が気を利かせ、嫁の香保里を紹介した。

「鐵太郎、矢背家の嫁になった香保里だ。よろしくな」

「こちらこそ、お会いできて嬉しゅうござります。おすがたから人となりまで、文《ふみ》に詳しく書いていただいたので、義姉上《あねうえ》とは初めて会ったような気がいたしませぬ」

香保里は恥ずかしそうに顔を赤くする。

卯三郎は慌《あわ》てた。

「鐵太郎め、文のことは言うでない」

「これはすみませぬ。筆無精《ふでぶしょう》の義兄上《あにうえ》が筆まめに変わられたので、可笑《おか》しゅうてつい口が軽くなってしまいました」

香保里は笑顔で一礼するや、急に吐き気を催したのか、口を押さえて奥へ引っこむ。

すかさず、幸恵が説いた。

「おめでたなのです。今年じゅうに、おまえは叔父上《おじうえ》になるのですよ。おめでたが重なって、母はこのうえなく嬉しゅうございます」

「母上、六年前と少しもお変わりありませぬな。ご壮健《そうけん》なご様子で安堵いたしました」

「おまえこそ、ずいぶん凜々《りり》しゅうなって……」

またもや、声を詰まらせたので、今度は串部がことばを引き取った。

「さあ、なかへ。ここは鐵太郎さまのお家にござります」

みなでぞろぞろ門を潜り、玄関の敷居を踏みこえると、味噌汁の美味そうな匂いが漂ってくる。

「おまえの好物、業平蜆《なりひらしじみ》のおつけですよ」

幸恵のことばに、今度は鐵太郎が涙ぐむ。

唐突《とうとつ》に懐かしさが込みあげてきたのだろう。

時を経てみながら齢《よわい》を重ね、新たに住む者が増えても、一家の堅固《けんご》な絆《きずな》は変わらない。

六年前、目付として蛮行《ばんこう》を振るっていた鳥居甲斐守は、みずから大勢の捕り方を引きつれ、鐵太郎を捕縛《ほばく》するためにこの家へ押しかけてきた。矢背家の面々は鉄のごとく結束した。志乃は薙刀《なぎなた》に見立てた箒《ほうき》を頭上で振りまわし、幸恵は重籐《しげどう》の弓を手に取った。串部はもちろん、吾助やおせきも一戦交える覚悟を決め、蔵人介と卯三郎は横暴な連中にたいして一歩も退《ひ》かぬ構えをみせた。悪評高い鳥居甲斐守と渡りあい、とどのつまりは捕り方どもも退散させてやったのだ。

鐵太郎は、おもわず快哉《かいさい》を叫んだ。

あのときの感動が、鮮やかに甦《よみがえ》ってくる。

「おぬしは何やら、呪文《じゅもん》のごときものを唱えておったな」

志乃の言うとおり、鐵太郎はヨハネス・リンデンの著した『ナポレオン・ボナパルテ伝』の一節を唱えていた。

「ボナパルテ、フレイヘイド、フレイヘイドと呼ばわりけり」

分厚い洋書を貸してくれたのは、そのころ傾倒《けいとう》していた蘭学者の秋吉英三《あきよしえいぞう》である。凶刃《きょうじん》に斃《たお》れた秋吉のことばは、今でもはっきりと胸に刻みこまれていた。

「かの国では、天子を皇帝と呼ぶ。一介《いっかい》の鉄砲足軽が皇帝になったのだ。しかも、イギリスを除く欧州の大半を切りとったにもかかわらず、極寒のロシアに遠征して惨敗し、それからは没落の一途をたどった」

ナポレオンは七十年前、コルシカという小さな島で生まれた。足軽《あしがる》に毛が生えた程度の低い身分であったが、フランスで勃こった「大一揆《おおいっき》」の混乱に乗じて頭角をあらわし、砲術の才を生かした巧みな戦い方で勝ち戦をかさね、あれよあれよというまに大国フランスの天子《てんし》にまでなった。

鐵太郎は秋吉の薄汚い部屋で「ナポレオン・ボナパルテ」という英雄を知った。嬉々《きき》としてその一代記を手に取り、垂涎《すいぜん》の面持ちで紙を捲《めく》るたびに、激動の欧州大陸へおもいを馳《は》せた。

「フレイヘイド。さよう、わしは不羈《ふき》と訳した。それは王侯《おうこう》領主の圧政やおのれの置かれた身分や、ありとあらゆる頸木《くびき》からの解きはなちを意味する。誰もが羽さえあれば大空へ自在に羽ばたいていける」

そんな不羈の世を築くために、かの国の百姓町民は夥《おびただ》しい血を流した。フランスにおける「大一揆」とは、五十年以上前に勃こったフランス革命のことだ。パリ市民たちによるバスティーユ牢獄への襲撃を契機にその機運は燃えあがり、フランス全土に飛び火して身分の低い農民や市民たちすべてを巻きこむ一大革命となった。

「女たちも一揆の先頭に立った。逞しい手に握られた旗幟《きし》は、青、白、赤の三色だ。青は不羈、白は平等、赤は友愛《ゆうあい》をあらわす。貧しく弱い者たちが強大な敵に向かって牙を剝いた。おのれの魂を解きはなつために、命を失うことも厭《いと》わず、熾《し》烈《れつ》な戦いに身を投じたのだ。そして、ついに王を倒した。自分たちが御政道《ごせいどう》の担い手となるべく、法という掟《おきて》を定め、民《たみ》に選ばれた者たちが集まる評定《ひょうじょう》の場を設けたのだ」

国王ルイ十六世を戴いたブルボン王朝は土台から覆《くつがえ》され、平民《へいみん》による憲法制定国民議会が発足した。そののち、王政復古《おうせいふっこ》を願う一派の巻きかえしや王政を敷く隣国の干渉に遭うなか、敢然《かんぜん》と立ちあがったのがナポレオン・ボナパルテであった。

英雄が登場する背景や経緯を、秋吉は滔々《とうとう》と語ってくれた。

「ナポレオンは古い王の復活を許さず、みずから皇帝となった。リンデンも書いておろう。『ボナパルテ、フレイヘイド、フレイヘイドと呼ばわりけり』と。不羈、平等、そして友愛。何と響きのよい崇高《すうこう》な精神ではないか。これこそが国の進むべき道だと、わしはおもう」

公儀に知れたら、擾乱《じょうらん》か謀反《むほん》の罪で打ち首は免《まぬか》れまい。

そうであればなおさら、鐵太郎は「フレイヘイド」の虜《とりこ》になった。

幕閣内でナポレオンを知る者はおるまい。西洋の身分制を根底からひっくり返したフランス革命のことも知らず、オランダ本国がナポレオンに占領されたことも、海外にあったオランダの植民地が実質はフランスのものであることも、唯一幕府と通商を保つオランダ人がそうした情勢を極秘扱いにしていることも、当然のごとく認知していない。

蘭書と直に触れることのできる秋吉などの一部の蘭学者だけが、西洋の動向をかなり正確に把握していたのだ。

「『このときにいたりて、民、虐政《ぎゃくせい》に抑屈《よっくつ》することきわまり、もってここにおよぶ。これ自然の勢いにして天の令するところなれば、強《し》いてこれを防ぎとどむべからず。四方の英雄豪士踊躍《ようやく》して、不羈の世となるを喜び、百姓奮起《ふんき》してふたたび正明《せいめい》の治《ち》定まるをまつ』……おう、フレイヘイド、崇高なる精神の叫びよ」

ナポレオンは皇帝にのぼりつめたが、盛者必衰《じょうしゃひっすい》のことわりどおりに滅んだ。

「されど、フレイヘイドを求める精神は滅びぬ。ナポレオンは、民本意の定式《さだめしき》を纏《まと》めさせた。民のための法典だ。王といえども、民の法典に抗うことはできぬ。フレイヘイドの精神はわが国でも確実に育《はぐく》まれ、いずれは花開くことであろう。わしはそのための礎《いしずえ》になりたい」

秋吉は鳥居甲斐守の配下が仕掛けた罠に嵌《は》まり、還《かえ》らぬ人となった。だが、類《たぐ》い希《まれ》なる蘭学者の語った理想は、鐵太郎の胸中に脈々と息づいている。

「……フレイヘイドか。よいことばじゃ」

志乃は直感でおもったことを口走る。その直感が外れたことはない。

みなで居間に座り、昼餉《ひるげ》の膳を囲んだ。

桜色の立派な甘鯛《あまだい》は、刺身と丸焼きの両方で膳を華やかに彩った。

役料二百俵の貧乏旗本にとっては贅沢《ぜいたく》すぎるが、誰ひとりしみったれたことは考えもしなかった。

医の道を志して旅立った十四の鐵太郎が、立派な若者になって帰還したのだ。

しかも、保土ヶ谷宿で疫病の噂を聞きつけるや、放っておけずに六浦湊の漁村に駆けつけた。そして、ひと月近くも無償で患者の救済をおこない、村人たちからは「生き神さん」と崇められた。

床の間の壁には、大きな達磨の水墨画が飾られている。

ほかでもない、田原藩の家老であった渡辺崋山が命を助けてもらった御礼にと、みずから筆を走らせた贈り物であった。

崋山を刺客から守った卯三郎とともに、鐵太郎は崋山の発したことばを聞いている。

「わしを斬ったところで、世の中の流れは変えられぬ。世の中の流れとは何か。知るべきことを知り、行くべき道を進む。知の解放とでも言おうか。あらゆる頸木から解きはなたれたとき、人は信じがたい力に衝き動かされる。大勢の人々が奔流《ほんりゅう》となって堰《せき》を破り、世の中を根底から覆すのだ。人を衝き動かす力の源泉《げんせん》とは何か。さよう、フレイヘイドじゃ。フレイヘイドを知った者が新しい世をつくる。この国は一刻も早く、外に向かって開かれねばならぬのだ」

力説する崋山の目は、燃えているようにみえた。

鐵太郎は心の底から感動し、泣きたい気分になったのだ。

達磨絵には「面壁九年わが志いまだ成らず」という讃《さん》が記されている。

家老の座を逐《お》われた崋山は今から四年前、藩に迷惑が掛かるのを恐れて切腹した。

進取《しんしゅ》の精神を尊ぶ渡辺崋山や秋吉英三の志を、鐵太郎はしっかりと継いでいかねばならぬとおもっている。

蘭方医という立場で、新たな時代を築いていきたい。

十四で抱いた夢は手の届かぬものではなく、確かな歩みで一歩ずつ近づくべきものに変わりつつあった。鐵太郎の耳には、波濤《はとう》となって押しよせる時代の鼓動がはっきりと聞こえているにちがいない。

蔵人介は甘鯛の刺身に舌鼓を打ちながら、すっかり逞しくなった我が子のすがたに眸子を細めていた。

吉原《よしわら》騒動

一

卯月《うづき》になった。

最後の八重桜も散りゆくなか、本所《ほんじょ》の回向院《えこういん》では勧進《かんじん》相撲が人気を博している。

蒼穹の彼方《かなた》に耳を澄ませば、不如帰《ほととぎす》の名告《なの》りが聞こえてきた。

――てっぺんかけたか、ほんぞんかけたか。

初夏の到来を告げる霊鳥《れいちょう》の鳴き声は、江戸も大坂も変わらない。

鐵太郎は吉原遊廓《ゆうかく》へとつづく日本堤《にほんづつみ》の途中で足を止め、山谷《さんや》堀の向こうで早《さ》乙女《おとめ》たちが黙々と田植えに勤《いそ》しむ光景をみつめた。

「いったい、何をしているのだ」

口に出したところで、虚《むな》しい気持ちは消えない。

御納戸町の実家に戻ってから、すでに八日が経過していた。

その間、常盤《ときわ》橋御門内の福井藩邸を何度も訪ねたが、意中の重臣に面会することさえかなわなかった。種痘に理解があると聞かされた福井藩で門前払いを受けているようでは、頭の堅い幕府の連中を説きふせることなどできようはずもない。

「さきがおもいやられる」

粘り腰を信条とする鐵太郎も匙《さじ》を投げたい気分だった。

だが、鬱々《うつうつ》としている理由は種痘のことばかりではない。

鐵太郎にはもうひとつ、江戸に下ってきた目的があった。

じつは、多喜《たき》というおなごを追いかけてきたのだ。

蔵人介や幸恵にも告げていない。恋心を抱くおなごを捜しているなどと、修行中の身で告げられるはずもなかろう。

多喜は長崎の出島《でじま》で生まれた。実父はフェリーニという葡萄牙《ポルトガル》の転び伴天連《バテレン》で、実母は名も無き遊女であったという。幼い頃に両親を亡くしたものの、和蘭陀商館長《カピタン》に仕える医官に引きとられ、やがて、医術の道を志すようになった。そして、養父が故国へ帰還する際も、自分だけは生国《しょうごく》に留まると決め、大坂の高名な蘭方医のもとで修行する日々を送った。

才に恵まれたうえに努力も人一倍できるとなれば、おのれが志す分野で頭角をあらわさぬはずはない。混血の女医となった多喜の評判は上方の諸藩に知れわたり、いくつかの藩から召し抱えたいとの申し出もあった。

ただ、一方では、西洋人に近い容姿の女医はめずらしく、象や駱駝《らくだ》などの珍獣と同じような目でみられることも多かった。多喜は医術の知見《ちけん》を修得しながら、あらゆる偏見とも闘わねばならなかったのである。

鐵太郎が多喜に初めて出会ったのは道修町《どしょうまち》の『難波雀《なにわすずめ》』という薬種問屋《やくしゅどんや》で、探していた「山帰来《さんきらい》」なる梅毒《ばいどく》の補薬《ほやく》を譲ってやったのがきっかけだった。ふたりとも三日にあげず通っていた薬種問屋でもあり、会えば親しげに会話を交わすようになった。ほとんどは生薬《きぐすり》や治療に関する内容だが、鐵太郎は多喜の語る広汎《こうはん》な知識に舌を巻かざるを得なかった。

しばらくすると、おたがいに高めあうことのできる相手として認めあうようになり、鐵太郎のなかには淡い恋情が芽生《めば》えていった。みずからの気持ちにはっきりと気づいたのは、多喜の境遇を塾生同士の噂で知ったときのことだ。

多喜はとある藩医に騙《だま》され、藩邸に誘われて手込《てご》めにされたあげく、赤子《あかご》まで身《み》籠《ご》もった。藩医は自分が父親だとみとめずに逃げたが、多喜は赤子を産みおとし、ひとりで乳飲み子を育てながら医療に従事しているというのである。

道修町の薬種問屋で出会ったとき、多喜の子は三つになっていた。鐵太郎はそのことをまったく知らず、本人からも聞かされていなかった。多喜の拠所《よんどころ》ない事情を知り、どうしても自分が守ってやりたいという気持ちが昂《こう》じ、恋情がいっそう燃えあがるのを感じたのである。

そうした折り、突如、多喜は目のまえから消えてしまった。大坂から居なくなったのは確かだが、何処へ行ったのかはしばらくわからなかった。それとなく方々に探りを入れたのは、多喜への気持ちが冷めなかったせいだろう。

行方《ゆきがた》知れずになってしばらく経ったとき、江戸から戻った塾生のひとりが「吉原で噂を聞いた」と教えてくれた。居ても立ってもいられなくなったが、江戸へ下る口実がない。そこへ渡りに船のごとく、種痘の嘆願話が持ちあがった。徒労《とろう》に終わりかねない役目である。誰も行きたがらぬ江戸行きに、鐵太郎だけが嬉々《きき》として手を挙げた。緒方洪庵は何ひとつ疑いを持たず、重要な使命を託してくれたのだ。

もちろん、使命を全《まっと》うするために全身全霊を尽くすつもりで江戸へやってきたが、一方では罪の意識に苛《さいな》まれている。恩師や塾生たちに本心を告げず、勝手な行動を取ろうとしていることにも疚《やま》しさはあった。

だが、それ以上に、多喜に会いたい気持ちを抑えきれない。会って恋情を伝えたかった。多喜はどうこたえるのか、そんなことはどうでもよい。本人を捜しあてて告白しないことには、何ひとつ始まらぬとおもっている。

「莫迦《ばか》だな」

自分を大事にしてくれる両親をも欺《あざむ》き、浮かれた遊冶郎《ゆうやろう》といっしょに土手八丁を歩いている。

これほどの莫迦は稀《まれ》にもおるまい。

苦笑しながら見返り柳の角を曲がり、三曲がりの緩やかな衣紋《えもん》坂を下っていく。坂を下りきると、大きな冠木門のまえにたどりついた。

吉原《よしわら》の大門《おおもん》である。

辻駕籠《つじかご》の担ぎ手が、人待ち顔で煙管《キセル》を燻《くゆ》らせていた。

高札《こうさつ》には「医者之外何者によらず乗物一切無用たるべし」とある。

門の左手には隠密廻りの待機する面番所《めんばんしょ》、右手には女郎《じょろう》たちの足抜《あしぬ》けを監視する四郎兵衛会所《しろべえかいしょ》があった。

鐵太郎は覚悟を決め、大門の向こうへ踏みこむ。

「えっ」

まっさきに目に飛びこんできたのは、真正面に飾られた緋牡丹《ひぼたん》の叢《くさむら》だった。

左右には鬼簾《おにすだれ》を設《しつら》えた引手茶屋《ひきてぢゃや》が軒を連ね、花色暖簾《のれん》のしたに迫《せ》りだした揚縁《あげえん》では豪華絢爛《けんらん》な仕掛けを纏った花魁《おいらん》が嫣然《えんぜん》と微笑んでいる。

「ここが……」

巷間で「遊女三千、日千両」と称される吉原遊廓《ゆうかく》にほかならない。

鐵太郎は瞬《まばた》きするのも忘れ、あちこちをきょろきょろみまわした。

刀を一本だけ落とし差しにしているものの、総髪《そうはつ》の後ろ髪を無造作《むぞうさ》に束ねているせいか、山出しの若い浪人にしかみえない。

「お兄さん、お遊びはこちら」

奴島田《やっこしまだ》の禿《かむろ》に袖を引かれるがまま、ひょいと左手の横道に逸《そ》れると、弁柄格子《べんがらごうし》の惣籬《そうまがき》に彩られた遊女屋がずらりと並んでいた。

じゃんじゃかじゃんと、三味線の清掻《すががき》が聞こえてくる。

店頭の大行燈《おおあんどん》に火が灯《とも》り、暮れなずむ横町が妖《あや》しげに浮かびあがった。

嫖客《ひょうかく》たちが覗く格子の向こうには、壁一面に描かれた鳳凰《ほうおう》の絵柄を背景に着飾った遊女たちがずらりと座っている。

まんなかの遊女は丈の高い伊達兵庫《だてひょうご》に髪を結いあげ、高価な鼈甲《べっこう》の櫛笄《くしこうがい》を何本も髪に挿《さ》していた。真っ白な掌《て》に長煙管《ながギセル》を置き、吸い口を笹色紅《ささいろべに》の口許へ持っていく。煙管はすぐさま禿に手渡され、禿がこちらに近づいてきた。

「花魁から吸い付け煙草でありんすよ。さあ」

格子の隙間から差しだされた吸い口を断る野暮《やぼ》は許されない。

鐵太郎はおもいきり煙を吸いこみ、げほげほと咳《せ》きこんだ。

「あれまあ、無粋《ぶすい》なおひと」

張見世の遊女たちが袖で口を隠して笑いだす。

鐵太郎は逃れるように格子を離れ、ふらつきながら横町の奥へ向かった。

どんつきへたどりつくと、嘔吐しそうな臭気に鼻を衝かれる。

さきほどまでの華やかさは消え、薄闇のなかに軒行燈《のきあんどん》が儚《はかな》げに閃《ひらめ》いていた。

よくみれば、狭い道の向こうには黒い溝が淀《よど》んでいる。

河岸女郎《かしじょろう》たちが鉄漿《おはぐろ》の洗い水を流す鉄漿溝《どぶ》であろう。

「ちょいと、羽織さん」

呼ばれた声のほうに顔を向けると、薹《とう》の立った河岸女郎が尻を捲《まく》り、溝に向かって小便を弾きはじめた。

後ろから誰かに肩を摑まれ、鐵太郎は驚いて振りかえる。

「見料《けんりよう》は百文《もん》だぜ」

掌を差しだしたのは、頰に刀傷のある強面《こわもて》の男だった。

「おめえさん、羅生門《らしようもん》河岸は初めてかい。へへ、そのようだな。ここには鬼が棲《す》んでいるんだぜ。ほら、みてみな」

男は薄笑いを浮かべ、顎をしゃくる。

長屋造りの切見世《きりみせ》からは、白粉《おしろい》を塗りたくった女たちが顔を差しだしていた。

「間口《まぐち》四尺五寸（約一・四メートル）に奥行六尺（約一・八メートル）、煎餅《せんべい》布団一枚と有明《ありあけ》行燈が河岸女郎の持ち物だ。瘡《かさ》に罹《かか》って生き残った運のいい連中だぜ。そいつを格安のひと切《きり》百文《もん》で抱けるってわけさ。もちろん瘡に罹ったままの女郎もいる。当たるも八卦《はつけ》、当たらぬも八卦、さあ覚悟を決めて、鉄砲《てつぽう》女郎を抱くんだな」

鐵太郎は銭を払うとみせかけ、男の胸をどんと肘で突く。

そして、後ろもみずに駆けだした。

だが、行く手の辻には別の連中が待ちかまえている。

「へへ、通せんぼだよ、お兄さん。抗うようなら、容赦はしねえ。身ぐるみ剝《は》がして、鉄漿溝へ放ってやるかんな」

三人の破落戸《ごろつき》は、見料を要求した男の仲間だ。

鐵太郎は四人に囲まれ、進退窮《きわ》まったかにみえた。

と、そこへ、ふらりと大きな人影がひとつあらわれた。

「おぬしら、そのお方に手を出したら承知せぬぞ」

重厚な声の持ち主は、太い眉をぐっと寄せる。

蟹のようなからだつきをした侍であった。

「串部っ」

鐵太郎の顔に、ぱっと赤みが差す。

串部のすがたは、悪辣《あくらつ》な輩に鉄槌《てっつい》を下す仁王にしかみえない。

それでも、四人の破落戸は逃げようともせず、ここは自分たちの縄張りだと言わんばかりに、殺気走る眸子《まなこ》を向けてきた。

二

九寸五分の刃が光った。

「木偶《でく》の坊《ぼう》め、死にさらせ」

突進したのは頬傷の男だ。
串部はまったく動じない。
刃を鼻先で躱《かわ》し、右の拳を突きだした。
――ぐしゃっ。
鈍い音とともに、男はその場にくずおれる。
拳は顔面を捉《とら》え、鼻の骨を砕いていた。
「こんにゃろ」
さらに、別のひとりが突きかかってくる。
串部はひらりと避け、男の襟首《えりくび》を鷲摑みにするや、えいとばかりに投げとばす。
「ふえぇ」
宙に飛んだ男は藻掻《もが》きながら、鉄漿溝に落ちていった。
――ばしゃっ。
黒い飛沫《しぶき》が舞いあがる。
「ひえっ」
残ったふたりは匕首《あいくち》を隠し、一目散に逃げていった。
間抜けな連中の後ろ姿を目で追い、串部はふんと鼻を鳴らす。

切見世《きりみせ》の女郎たちは、一斉に暗がりへ引っこんだ。

「鐵太郎さま、大事ござりませぬか」

心配そうな串部の顔を、鐵太郎が睨みつける。

感謝よりも怒りのほうがさきに立ったのだ。

「あとを尾《つ》けたのか」

「ええ、まあ」

「父上に命じられたな」

「さきほどのような凶事に巻きこまれぬため。これも親心にござりますぞ。まあ、それはそうと、どうなされたのですか」

「どうとは」

「水臭《くそ》うござります。廓《くるわ》で遊びたいなら、拙者《せっしゃ》にひと声掛けてくだされればよいのに」

「遊びにきたわけではない」

「またまた、下手な言い訳は通用しませぬぞ。何なら、今からまいりましょう」

鼻の下をびろんと伸ばし、串部は勝手に歩きだす。

鐵太郎は迷いつつも、事情をはなすことに決めた。

「串部、待ってくれ」

「はあ」

「じつはな、人を捜している」

「えっ」

「多喜というおなごだ。優れた医者でな、吉原でみたという噂を聞いたのだ」

串部はぽかんと口を開け、我に返るや、顔いっぱいの笑顔をつくった。

「なるほど、それで江戸へ。やあ、よいおはなしにござります」

「何がよいはなしなのだ」

「恋い焦がれたおなごを捜して幾千里。それがしにはわかりますぞ、鐵太郎さまのお気持ちが」

「おぬしの心にだけ、留めておいてもらえぬか」

「もちろんですとも。お父上やお母上には喋りませぬ。ええ、ぜったいに」

「お婆《ばば》さまにもな」

「わかっておりますとも。いちばん喋ってはならぬお相手にござる」

串部はどんと胸を叩き、鐵太郎に身を寄せる。

「それがしを頼ってくだされ。かように危うい廓内を、おひとりで歩かせるわけにはまいりませぬゆえな」

「すまぬ」

「おまかせを。なあに、すぐにみつかりましょう。大船に乗ったつもりでおられよ」

ふたりは華やかな横町に戻り、とりあえずは一軒目の大見世《おおみせ》を訪ねてみた。入口の妓夫《ぎゆう》に差料《さしりよう》を預け、青海波《せいがいは》の染めぬかれた大暖簾を潜ったのである。

「ほう」

眼前には八間《はちけん》の吊るされた大広間が広がっていた。手前の土間には米俵が山と積みあげられ、酒樽が所狭しと並んでいる。大広間は屏風《びようぶ》でこまかく仕切られ、新造《しんぞう》たちが廻し部屋として使っていた。華やいだ仕掛けの新造《しんぞう》や茶を運ぶ愛らしい禿たち、漫《そぞ》ろ顔の遊客にまじって、三味線を担いだ箱屋《はこや》や料理の膳を届けにきた仕出《しだし》屋《や》などのすがたも見受けられる。

初めて目にする光景に、鐵太郎は驚きを禁じ得ない。

「ぬはは、ここが妓楼《ぎろう》の入口にござりますぞ」

串部は大笑しながら、左手の片隅へ向かう。

障子屏風に囲まれた内証《ないしよう》を覗いてみると、金精進《こんせいじん》を祀《まつ》る縁起棚《えんぎだな》や帳場《ちようば》箪笥《たんす》が設えてあり、客取表や大福帳《だいふくちょう》のぶらさがるなかに、肥えた女将《おかみ》が撫牛《なでうし》のように座っていた。

箱火鉢に渡された猫板には、豪勢な『きの字屋』の仕出弁当が置いてある。

女将は手に取った茹《ゆ》で玉子を丸呑みし、とろんとした流し目をくれた。

「まるで、蛇だな」

串部は呆《あき》れながらも、低姿勢で問いを繰りだす。

「すまぬが、ひとを捜しておる。おなごの医者だ。顔は異人のようでな」

「知りませんよう、そんなお方は」

たとえ知っていたとしても、一見《いちげん》の客に教えるはずはない。

余計なことは喋らぬのが廓の掟、もちろん、それくらいは串部もわかっている。

「そこを枉《ま》げて頼む。教えてくれたら、悪いようにはせぬ」

「悪いようにはせぬって、お見世をひと晩惣仕舞《そうじま》いにでもしていただけるんですかあ。しめて百両は掛かりますすけど」

串部が黙ると、女将は縁起棚の鈴に手を伸ばした。

鈴の音が鳴れば、命知らずの若い連中がすっ飛んでこよう。

廓内で揉《も》め事を起こせば出入御免になるだけのはなしゆえ、串部と鐵太郎はすごすごと退散するしかなかった。

それでもめげず、居並ぶ見世を片っ端から訪ね歩いた。

仲《なか》の町《ちょう》に並ぶ引手茶屋でも聞きこみをおこない、江戸《えど》町《ちょう》二丁目につづいて同一町目の大見世もすべて廻りつくす。

廻っていると、廓の仕組みがわかってきた。上客は引手茶屋で一席設け、横町に並ぶ妓楼への案内を待つのだ。揚代《あげだい》はすべて茶屋払いになっており、馴染みの客は新造や禿や若い衆にも祝儀をはずまねばならない。揚代や祝儀をけちらぬのが粋な男の見栄であり、お大尽《だいじん》と呼ばれるまでには家が傾くほど金を使うしかなかった。

「それゆえ、吉原の遊女は傾城《けいせい》と呼ばれるのでござる」

と、串部は偉そうに説いてみせる。

一方、金のない一見客は「直《じ》きづけ」で張《はり》見世からそのまま妓楼にあがり、大広間の割床《わりどこ》で新造に相手をしてもらう。

いずれにしろ、五丁町《ごちょうまち》と呼ばれる中心部のなかで、まだ二町ぶんしか巡っていない。すでに一刻《いっとき》（約二時間）余りも歩きっぱなしで、足は棒になっていた。それでも、あきらめる気は毛頭《もうとう》ない。

ふたりは京町《きょうまち》一丁目の横町に踏みこんだ。

するど、五丁町でも名の知られた『四ツ目屋《よめ》』の店前が何やら騒がしい。

二階の座敷からは、酔客たちの笑い声や遊女たちの嬌声《きょうせい》が聞こえてきた。

「何の騒ぎだ」

三味線の箱屋を捕まえて尋ねると、大見世を丸ごと一軒買い切った豪儀な大尽がいるという。

「惣仕舞いか」

「へえ、お大尽は札差の出牛屋銀兵衛さまでござんす」

と、聞いた突端、串部は目を瞠《みは》った。

鐵太郎が首をかしげ、顔を覗きこむ。

「串部、出牛屋某がどうかしたのか」

「いえ、まあ……何処かで聞いたことのある名だったもので」

煮えきらぬこたえに、鐵太郎は眉を顰《ひそ》める。

「怪しいな。もしや、父上の御役目絡みか」

蔵人介の子だけあって、勘が冴《さ》えている。

串部は渋々ながらも、認めるしかなかった。

「成りあがり者の阿漕《あこぎ》な商人にござる。例の浦賀奉行とも浅からぬ関わりがありましてな」

「ならば、顔だけでも拝んでいくか」

「ふむ、そういたしましょう」

見世の敷居をまたごうとすると、強面の連中に押しかえされた。

大小を腰に差した用心棒らしき者もおり、下手に抗えば面倒なことになりそうだ。

あきらめて踵《きびす》を返すと、二階の大窓を開けて客や遊女たちが顔を出した。

取りまきが左右に分かれ、最後に大尽らしき商人が偉そうに登場する。

出牛屋銀兵衛であろう。

ぎょろ目で唇の分厚い男だ。

魚に喩《たと》えれば、背鰭《せびれ》の棘《とげ》に毒を持つ鬼虎魚《おにおこぜ》であろうか。

太鼓腹を突きだすや、小脇に抱えた三方《さんぼう》から小判を摘み、夜空に向かってばらまきはじめる。

「ほうれ、天の恵みや。拾え、拾え」

大屋根で跳ね返った小判は、道端に黄金の雨を降らせた。

「わあああ」

通行人どもが一斉に群がり、我先に小判を拾っている。

ぎりっと、串部は奥歯を嚙んだ。

どう考えても悪党だなと、鐵太郎もおもわざるを得ない。

小判を拾う連中のなかには、垢じみた恰好《かっこう》の浪人も混じっていた。

ふと、そのうちのひとりに目が止まる。

狂犬のような眸子をした男だ。

何処かでみたことがある。

「あっ」

六浦湊の漁村で凶刃を振るっていた。

磯松の父親や爺さまを撫で斬りにした米倉家の横目付ではなかろうか。

「あやつ……」

「……名はたしか、伊原十郎左衛門」

きっと、そうにちがいない。

自刃しようとしたが死にきれず、その場から消えてしまった。

罹患者に触れた疑いもあったので、行方を気にしていたのだ。

鐵太郎が灰色の顔を睨みつけると、相手も気づいて睨みかえしてくる。

「こんなところで、何をしているのだ」

声を掛けようとするや、眼前を横切った誰かの人影に邪魔された。

「くそっ」

もう一度目を向けると、伊原らしき男のすがたは煙のごとく消えていた。

三

東の空が明るくなるまで捜しまわったが、多喜の消息を摑むことはできなかった。

――ぬかあ、かあ。

明烏《あけがらす》が鳴きわたるなか、五丁町の露地では亀屋《かめや》頭巾の上客が遊女と後朝《きぬぎぬ》の別れを惜しんでいる。

「いい気なもんだな」

串部がぼそっと吐きすてた。

伊原十郎左衛門らしき浪人のすがたも消え、何もかもが徒労に終わった以上、虚しく家路につくしかなかった。

市ヶ谷御納戸町の家に戻ると、どうしたわけか、幸恵が不機嫌な顔をしている。

蔵人介と卯三郎は出仕しており、ひと足さきに戻った串部のほうをみても、さりげなく目を逸《そ》らすだけだ。

「まさか、母上に喋ったのか」

黙っててほしいと、あれほど念押ししたのに。

「鐵太郎、こちらへ」

幸恵に棘のある声で呼びつけられた。

誘われたのは居間ではなく、ご先祖の位牌が安置された仏間である。

立派な仏壇のかたわらに、志乃が憮然《ぶぜん》とした表情で座っていた。

串部め。

志乃にも伝わっているようだ。

今さら恨み言を吐いても無駄であろう。明け方まで何処をほっつき歩いていたと問いつめられ、正直に喋ったほうが得策と判断したにちがいない。よいほうに考えれば、そういうことだ。とはいえ、男同士の約束を破った串部のことが腹立たしくて仕方なかった。

「そこに座りなさい」

志乃に命じられたとおり、蒼褪《あおざ》めた顔で下座に畏《かしこ》まる。

幸恵も仏壇のかたわらに座り、左右から鋭い眸子で睨みつけられた。

「串部から聞きました」

口火を切ったのは、幸恵のほうである。

「多喜というおなごを捜しているのか。そのために江戸へ下ってきたと聞いたが、それはまことか」

「まことにござります」

鐵太郎は、覚悟を決めてうなずいた。

「おなごの医者で、しかも異人の娘だとか」

「じつの父親は亡くなりましたが、葡萄牙《ポルトガル》の転び伴天連《バテレン》にござります」

「転び伴天連」

即座に反応したのは、志乃である。

「切支丹《キリシタン》のくせに殉教もせず、公儀の手先になった者のことか」

「いかにも。されど、幼い時分に亡くなったので、詳しい事情はわかりかねます」

「母親は」

「長崎の遊女であったとか。こちらも幼い時分に亡くなっております」

「されば、多喜というおなご、見た目は異国の者に近いのか」

「髪は栗色で、目は海のように碧《あお》うござります」

「ほう、碧い目か」

驚きもせず、志乃は押し黙る。

ふたたび、幸恵が口を開いた。

「おなごはどうやって医者に」

「双親《ふたおや》が亡くなったあと、和蘭陀商館《カピタン》長に仕える医官に引きとられ、医の道を志したやに聞いております。医官が長崎を離れる際、どうしても生国に残りたいと言いはり、養父に紹介された大坂の蘭方医のもとで修業を重ねたそうです。そして、立派な医者になりました。大坂の諸藩から召し抱えたいとの申し出があったほどの力量を備え、わたしなどは足許にも及ばぬ知見の持ち主にござります」

「にもかかわらず、大坂を出て江戸へ下った。しかも、吉原遊廓に潜んでいるかもしれぬという。その理由は」

「わかりませぬ」

泣きそうな声で応じると、ふたりは「えっ」という顔になる。

「何とまあ、肝心なことがわかっておらぬのか」

「はい。ただ……」

「ただ、何じゃ」

「大坂で、とある藩の藩医に不義《ふぎ》をされ、子を身籠もったと噂で聞きました。もしかしたら、その一件が関わっているのやも」

「その子は」

「今年四つになるとか。本人に告げられたわけではありませぬが」

「噂が真実なら、幼い子を抱えて江戸へ下ってまいったのじゃな」

「そうかもしれませぬ。いずれにしろ、わたしも江戸へ下った理由を知りたくおもい、多喜どのを捜しておりました」

「たわけめ」

一喝したのは、志乃であった。

鐵太郎はびくんと反応し、俯《うつむ》いてしまう。

「好いたおなごを捜していると、何故、正直に言わぬ」

「えっ」

「恥ずかしいからか。それとも、異人の血を引くおなごゆえ、白い目でみられるとでもおもうたか。みくびるでないぞ。おぬしが好いた相手ならば、どのような相手であろうとかまいはせぬ。幸恵どのとて同じ気持ちじゃ。多喜というおなごを捜しあて、おぬしは正直な気持ちを伝えたいのであろう。反対されるとでもおもうたのか」

「……お、お婆さま」

「たわけめ、たったひと晩歩いただけで、青菜《あおな》のごとくしょぼくれるでない。今日も明日も廓へ行くのじゃ。多喜どのを捜しあてるまで、帰ってこずともよいわ」

「……あ、ありがとう存じます」

鐵太郎は感極まり、口許をわなわなとさせる。

幸恵がはなしを引き取った。

「牛痘のことも、ちと調べさせてもらいました。なるほど、今はまだ、疱瘡を退治できる確実な方法かどうかはわからぬようじゃ。されど、お婆さまもわたくしも、牛痘を受けようとおもっております。それがおまえの、ひいては医術の将来に少しでも役立つのであれば、喜んでこの身を捧げるつもりでいたのですよ」

「……は、母上」

「いかなる困難にぶつかっても、あきらめずに信じた道を進んでほしい。おまえが悲しむ顔をみたくないのです。多喜どのというお方を一刻も早く捜しだし、おのれの恋情を伝えなされ。もしかしたら、ともに手と手を携え、同じ道をめざすことができるやもしれぬではないか。そうなれば、これ以上に幸せなことはあるまい」

「……か、かたじけのうござります」
おもいがけぬ励ましを受け、鐵太郎は戸惑いすらおぼえた。
こうなってみると、串部をきつく叱るわけにもいくまい。
だが、行く手にはまだ、蔵人介という大きな関門が控えている。
志乃と幸恵は鷹揚《おうよう》に構えつつも、そのことにはいっさい触れなかった。
ゆえに、仏間を辞去《じきょ》してからも、鐵太郎は不安を拭いさることができない。
どんなに些細《ささい》なことでも隠し事はするなと、幼い頃から躾《しつ》けられてきたのだ。
好いたおなごのこととは申せ、隠し事をしていたのは紛《まぎ》れもない事実である。
そのことだけでも万死《ばんし》に値すると、蔵人介ならば判断するかもしれない。
家から追放されてもかまわぬが、そうなれば志乃と幸恵が悲しむであろう。
ふたりを悲しませることだけは、ぜったいにしてはならぬと、鐵太郎はおもった。
「今宵、何もかも告白するか」
いや、すでに遅きにすぎよう。
告白するのならば、保土ヶ谷宿の旅籠でしておくべきであった。
ならば、内密にしつづけるか。
いや、それも無理だ。志乃や串部の口から漏れるにきまっている。

「どうすればよい」

あれこれ考えていると、頭のなかに靄《もや》が掛かってきた。

何しろ、昨日から一睡もしていない。

鐵太郎は部屋の柱に背を凭《もた》れ、深い眠りに落ちた。

四

蔵人介は西日を浴びながら、右手前方の富士見三重櫓を仰いだ。

下乗橋を渡って、内桜田門に向かう途中である。

手には油紙に包んだ鰹《かつお》のたたきを抱えていた。

中奥の御膳所に立ちより、顔見知りの庖丁方から分けてもらったのだ。

稀にもないことなので、庖丁方は驚きながらも、たいそう喜んでいた。

三十年余りも御膳奉行をつとめた蔵人介は、御膳所では神仏と同じように崇敬されている。寡黙《かもく》で表情に乏《とぼ》しいせいか、むしろ人間味がないとおもわれていたので、意外だったのだろう。もちろん、銭は払った。受けとれぬとがんばる相手を説きふせるのに苦労したが、そこまでして分けてもらったのは可愛い息子に初鰹を食べさせたいがためである。

「わしも人の子だな」

蔵人介は自嘲《じちょう》せざるを得ない。

鐵太郎が家にいなければ、このような恥ずかしいまねはしていなかった。

幸恵も喜ぶであろう。初茄子《はつなす》の浅漬けもあることだし、夕餉の膳は旬の食べ物で彩られるはずだ。

門番に会釈し、内桜田門を潜る。

卯三郎は宿直なので、常ならば串部が迎えにきているはずだ。

それとなく左右を眺めても、蟹のような人影はみあたらない。

いなければいないで拍子《ひょうし》抜けするものの、かまわずに歩きはじめた。

「矢背さま」

後ろから声を掛けられる。

気配もなく近づいてきたのは、公人朝夕人の土田伝蔵であった。

「養父はいつも、厠《かわや》で待ちぶせしていたようですね」

「ああ、大事なはなしは臭いところでするとと言うておったわ」

「それがしは臭いところが苦手です」

「ふん、間者《かんじゃ》らしくもないことを抜かす」

「歩きながら、おはなしを」

「何のはなしだ」

冷たく切り返しながらも、蔵人介はのんびりと歩きはじめる。

伝蔵は影のように従《つ》いてきた。

「御命どおり、浦賀奉行を成敗されましたな」

「成りゆきだ」

「成りゆき」

「裏金を受けとった明確な証しは摑んでおらぬ。本人と面と向かい、許し難い悪党とわかった。それゆえにやったことだ」

「なるほど、調べが滞っているせいで、ほかのふたりは生かしておるのですな」

「ほかのふたりとは」

「お惚《とぼ》けになっては困ります。遠山さまが紙に記されたお方ですよ」

ひとりは普請奉行から勘定奉行に昇進した神林源之丞、そして、もうひとりは勘定吟味役の篠山外記、いずれも公金を差配する重臣である。無論、いつまでも悪党どもをのさばらせておくわけにはいかない。そんなことはわかっているが、調べは遅々《ちち》として進んでいなかった。

「鍵を握る出牛屋が、なかなか尻尾を出さぬ。それゆえ、さすがの矢背さまも苦労しておいでのようだ。いっそのこと、卯三郎どのに引き継ぎなされてはいかがですか」

「それは、遠山さまのご意思か」

返事はない。黙っている以上、そうなのだろう。

何とも口惜しかった。乗りかかった船から降りろと言われているようなものだ。

蔵人介は仏頂面をきめこみ、大股で歩きはじめた。

伝蔵は離れない。

「調べなどいらぬと、遠山さまは仰いました」

上の指図どおり、ただ、役割を果たせばよいと言いたいのだろう。

「今の卯三郎どのならば、余計なことは考えずやっておしまいになるでしょう。かつての矢背さまのように」

ふん、若造《わかぞう》め。かつてのわしを知りもせぬくせに。

胸中で毒づいても詮無《せんな》いはなしだ。

「それで、遠山さまは何と仰せだ」

「三日だけ猶予《ゆうよ》をお与えになると」

「ふん、さようか」

「それがしは尿筒《しとづつ》持ちゆえ、たいしてお力にはなれませぬ。ただ、昨夜のことだけはお耳に入れておきましょう」

「昨夜のこと」

「はい。出牛屋銀兵衛は、吉原遊廓の大見世を惣仕舞いいたしました。何でも、春日野《かすがの》とか申す四ツ目屋の御職《おしょく》に首ったけとか」

「ふうん」

「ついでに申せば、廓でご子息とご従者をお見掛けしました」

「何だと」

「詳しいおはなしは、おふたりにお尋ねください。では、それがしはこれにて」

余計なひとことを残し、伝蔵は消えた。

振り向けば、牡丹《ぼたん》の花がひとつ落ちている。

風に吹かれて緋色《ひいろ》の花弁が舞う光景を、蔵人介は厳しい顔で睨みつけた。

外桜田門を出てから桜田濠沿いに半蔵門へ向かい、麴町一丁目から二丁目、三丁目と足早に歩いていく。常ならば五丁目のさきを右に折れ、善國寺《ぜんこくじ》谷通りを下っていくのだが、七丁目の亀沢横町《かめさわよこちょう》を右に折れ、四つ目の裏六番町《うらろくばんちょう》通りと交差するあたりまで進んでいった。

ふとおもいたち、根岸勘介の屋敷を訪ねてみようとおもったのだ。

上役の悪事を記した訴状を目安箱に投じ、自刃を遂げた若い勘定方のことである。

確たる証拠もなしに訴状をしたためたとして、通例であれば本人が厳罰に処せられるだけでなく、家も改易になるはずであった。そうなっていないのは、阿部伊勢守の手違いで公方家慶が訴状に目を通してしまったからだ。しかも、訴状に記されたとおり、重臣たちに裏金取得の疑いが生じた以上、拙速《せっそく》に厳しい処分を下すわけにはいかず、宙ぶらりんの状態になっていた。

串部の調べによれば、根岸勘介は入り婿だったらしく、家には妻子のほかに老いて病がちな義父も同居しているという。直に訪ねてみれば、表沙汰にできぬはなしが聞けるかもしれぬ。そんな淡い期待を抱いていた。

家禄五百石ゆえに大身《たいしん》ではないものの、根岸家は何代もまえから番町《ばんちょう》に屋敷を構える旗本である。

今は夕の七つ（午後四時）を過ぎた頃であろう。

閑静なはずの御屋敷町が、何やら騒然としている。

近づいてみると、十数人の座頭たちが「金返せ、借りた金返せ」と、口々に喚《わめ》いていた。なかには、鉦《かね》や太鼓を叩く者もあり、近所迷惑も甚《はなは》だしい。

我慢できなくなったのか、門の内から当主の妻らしき若いおなごがあらわれ、座頭のひとりに花柄の古着を何枚か手渡そうとしている。

「これでご勘弁ください。今日のところはこれで」

座頭たちは引きさがらない。

「元手の五十両に利息がついて百両じゃ。約定を違《たが》えぬ御旗本なら、耳を揃えて返してくれ」

若いおなごは引っ込み、今度は老いた侍が出てきた。

腰に差した刀を抜き、座頭のひとりに斬りかかる。

「ひぇっ、抜いたぞ」

座頭たちが蜘蛛《くも》の子《こ》を散らすように逃げると、老い侍は激しく咳《せ》きこみ、しゃがみ込んで喀血《かっけつ》してしまう。

「うわっ、労咳《ろうがい》じゃ。爺が血を吐いたぞ」

散ったとおもった座頭たちが、また集まってきた。

なかには、少し目がみえる者もいるのだろう。

老いた侍の様子を、逐一《ちくいち》仲間に報せている。

蔵人介はずんずん近づいていった。

座頭に囲まれた屋敷が、根岸家だと察したからである。

「おぬしら、番町で騒げばただでは済まぬぞ」

蔵人介が五体から殺気を放ってみせると、座頭たちは今度こそ尻尾を巻いて逃げだした。

老いた侍は門前にぺたんと座り、俯《うつむ》いたまま顔もあげられない。

若いおなごが乳飲み子を抱いてあらわれ、米搗《こめつ》き飛蝗《ばった》のようにお辞儀する。

「お助けいただき、感謝のしようもござりませぬ」

「なあに、たいしたことではない。もしや、根岸どののご妻女か」

「……は、はい」

「拙者は矢背蔵人介と申す。長らく御膳奉行をつとめておった。けっして、怪しい者ではない」

膳奉行と聞いて、老いた侍のほうが顔をあげる。

「鬼役どのか」

「ええ、そう言われておりました」

「わしは根岸主水《もんど》。婿の勘介に役目こそ継いでもろうたが、まだ隠居はしておらぬ。さきほどは醜態《しゅうたい》をおみせした。融通《ゆうずう》の利《き》かぬ婿のせいで家は潰れかけておるがな、乳飲み子の勘一《かんいち》が元服《げんぷく》するまでは死ねぬ」

どうやら、勘介のやったことを好もしいとおもっていないようだ。

「上役を訴えるのは武士の恥。進退窮《しんたいきわ》まったからというて目安箱に訴えるのは狂気の沙汰じゃ。腹を切って当然とおもうておる」

父らしき侍に向かって、乳飲み子を抱えた娘が強い口調で諫《いさ》めた。

「勘介さまは父上のために、高価なお薬を買おうとなされたのではありませぬか。そんなふうに責めては気の毒です」

「だからと言うて、座頭金に手を出すことはなかろうが」

「阿漕な商人に騙されたのです。利息の低い金を貸してくれると約束したのに、蓋《ふた》を開けてみれば座頭金。札差を信じた自分が莫迦だったと、勘介さまは仰いました」

「お待ちを」

すかさず、蔵人介は問うた。

「ご主人を騙したその札差、出牛屋銀兵衛という名では」

「たしかに、そのような名だったかと」

根岸勘介は出牛屋を調べていた。金を借りようとしたのは、阿漕な商人に近づくための方便《ほうべん》だったのかもしれない。

「矢背どの」

主水が喋りかけてきた。

「はい、何でしょう」

「中奥には鬼が棲《す》んでいると聞いたことがある。その鬼は下々の手がおよばぬ悪辣な奸臣《かんしん》どもを成敗してくれるとか。まんがいちにも噂がまことなら、わしはその鬼に魂を捧げてもよい。老い先短い爺の魂と引換えに、婿の無念を晴らしてほしいのじゃ。そうでなければ、勘介があまりに不憫《ふびん》でならぬ」

下手なことを口にすれば、改易の沙汰を下されるかもしれぬ。そのことを恐れて、主水は本音をひた隠しにしていたのだろう。

蔵人介は諾とも否とも告げず、黙然と一礼して根岸家に背を向けた。

清廉《せいれん》な勘定方の無念を晴らすのは吝《やぶさ》かでないが、如何《いかん》せん、裁きを下すための証拠に乏《とぼ》しい。

「あと三日」

本腰を入れねばなるまいと、蔵人介は覚悟を決めた。

五

逢魔刻《おうまがとき》と呼ばれる夕まぐれ、日の本一の遊廓には一斉に行燈が点《とも》る。

蔵人介のすがたは、大勢の遊客で賑わう大門の内にあった。

濃艶な緋牡丹で飾られた仲の町では、花魁道中がおこなわれている。

「京町一丁目、四ツ目屋の呼びだし、春日野にござ候《そうろう》」

若い者が声を張りあげた。

定紋《じょうもん》入りの箱提灯《はこぢょうちん》を先頭に、愛らしい禿たちに導かれた花魁が外八文字《そとはちもんじ》で悠々と大路を歩いている。

黒塗り畳付きの下駄は、高さで六寸（約一八センチ）はあろう。伊達兵庫に結った髪を櫛笄で豪華に飾った花魁は、後ろから若い者に長柄傘《ながえがさ》を差しかけられていた。行列には艶《あで》やかな仕掛けの新造たちや遣り手《やりて》がつづき、花魁が一歩踏みだすごとに、どっと歓声が沸《わ》きおこる。

「吉原一の花魁よ。羨《うらや》ましいお大尽は、札差の出牛屋銀兵衛さま」

今宵も出牛屋は四ツ目屋を惣仕舞いにする気らしい。

宴席に踏みこんで痛めつける手もあろうが、それではあまりに芸がない。ふたりになる機を窺い、脅しつけて悪事を洗いざらい吐かせてやろうと、蔵人介はおもった。

だが、わざわざ吉原まで足労したのは、出牛屋のことばかりではない。

鐵太郎の事情について、幸恵からあらましを聞かされたからだ。

腹が立ったのは、親に内緒でこそこそ動きまわっていたことである。されど、好いたおなごを捜すために江戸へ下ってきたなどと、自分も鐵太郎の立場であれば口が裂けても言いたくはなかっただろう。叱りつけるのも大人げないし、本人の言い訳次第では許してやってもよかった。

ともあれ、蔵人介は花魁道中には目もくれず、見物客のなかに鐵太郎と串部のすがたを捜していた。

「おらぬな」

吉原を訪れた山出し者で花魁道中をみない者はいない。

何処へ行ったのだろうと溜息を吐いたところへ、横道から不審げな町人がふらついた足取りで近づいてきた。

危ういなと察した途端、案《あん》の定《じょう》、懐中から出刃庖丁を抜きはなつ。

「ひぇっ」

気づいた客が悲鳴をあげた。

町人は出刃庖丁を提《さ》げ、花魁道中に突っこんでいく。

「死ね、春日野」

呻《うめ》くような声を聞き、蔵人介は前のめりになった。

そこへ、筋骨隆々《きんこつりゅうりゅう》の男たちが駆け寄せてくる。

吉原の用心棒、四郎兵衛会所の連中だった。

大人数で三方から取り囲むや、禿頭《とくとう》の巨漢が鉄棒を振りまわし、町人を一撃で叩きのめす。

あっという間の出来事に、客たちは呆気《あっけ》に取られた。

町人は後ろから襟首を摑まれ、道端を引きずられていく。

花魁は何事もなかったように、凜《りん》とした面持ちで前方を見据え、ふたたび外八文字で歩きはじめた。

「よっ、春日野」

大向こうから声が掛かる。

まるで、仕込まれた寸劇のようだが、町人が引きずられたあとには嘔吐物《おうと》が点々と繫がっていた。

「あいつは山中屋《やまなか》金兵衛《きんべえ》だな」

かたわらで遊客たちが囁いている。

「まちがいねえ。四ツ目屋を惣仕舞いにしたこともある元札差さあ。春日野を身請《みう》けしようと狙っていやがった」

「ところがどっこい、棄捐令《きえんれい》の煽《あお》りを受けて札差株を手放しちまった。その株を買った野郎が出牛屋銀兵衛というわけさ」

「株を売った大金は、博打《ばくち》と女で泡と消えたらしいぜ。落ちぶれた金兵衛と成りあがった銀兵衛、そいつは合わせ鏡みてえなものさ。昨日のお大尽が今日はおけらの食い詰め者、どぶ板一枚下は地獄ってはなしよ、くわばらくわばら」

廓の客にも栄枯盛衰《えいこせいすい》がある。

花魁道中は終わり、見物人は散っていった。

蔵人介は四ツ目屋へ向かうべく、京町一丁目の横道へ逸れる。

大籬《おおまがき》の表口ではなく、脇道から勝手口のほうへ進んでいった。

出牛屋とふたりになる機会を窺《うかが》おう。そんなふうにおもっていたが、敷居の向こうがにわかに騒がしくなり、戸板で遊女が運ばれてきた。

　真っ赤な顔で汗を掻いている。高熱のせいで魘《うな》されているのだ。

「こいつ、瘡《かさ》に罹《かか》りやがった」

「鼻が欠けりゃ、また戻ってこられるだろうさ」

「どうだか。溜《ため》に運ばれて助かるのは、せいぜい十人にひとりだかんな」

「近頃はそうでもねえ。手妻《てづま》みてえに瘡を治す医者がいるってはなしだ。そいつはおなごの医者でな、人前にゃ滅多に顔を出さねえが、たいそうな別嬪《べっぴん》らしいぜ。しかもな、目の色が海みてえに碧いときてる」

「うひょ、是非ともお目に掛かりてえもんだ」

「運がよけりゃ会えるかもな。でもよ、溜は車善七《くるまぜんしち》親分の縄張りだ。病人以外は入れてもらえねえ。それによ、溜の内に踏みこめば、得体の知れねえ病を感染《うつ》されるかもしれねえぜ。命が惜しけりゃ、不浄門の手前で踵を返《け》えすしかねえな」

　戸板の前後を持つ若い者らの会話である。

　碧い目のおなごは、鐵太郎が捜している多喜という名の医者であろう。

　蔵人介は放っておけなくなり、後ろから気づかれぬように従いていった。

　戸板を運ぶ連中は羅生門河岸へ向かい、鉄漿溝に沿って薄闇のなかを巽《たつみ》の方角へ進んでいく。

どんつきには九郎助《くろすけ》稲荷の祠《ほこら》があり、祠のそばの番小屋には見張りが控えていた。

若い者は見張りにひとこと告げ、鉄漿溝に跳《は》ね橋《ばし》を渡してもらう。

どうやら、跳ね橋を渡った向こう側に、溜があるらしかった。

蔵人介も初めて訪れるところだ。

若い者たちは布で鼻と口を覆った。

汚物の混じった溝や病人たちが集められた溜の悪臭に、息を吸うのも躊躇《ためら》われるからだろう。

橋を渡ったさきの不浄門には、鉄棒を抱えた大柄の門番が立っていた。

若い者たちは戸板を地べたに置くや、迷いもせずに踵を返し、跳ね橋を渡って来た道をすたこら駆けていく。

強面の門番に睨《ね》めつけられ、碧い目の女医者をみる気も失《う》せたにちがいない。

暗がりから様子を窺っていると、襤褸《ぼろ》を纏《まと》った小者たちが戸板ごと遊女を門の内へ運んでいった。

「さて、どういたすか」

成りゆきで足を運んだものの、取って返すのはあまりに惜しい。

多喜という医者が溜にいるとすれば、是非とも会ってみたい誘惑に駆られたが、門番の目を欺《あざむ》いて忍び入るのは難しかろう。

ここは正々堂々と、車善七への取次ぎを頼むしかあるまい。

蔵人介は覚悟を決め、さっと暗がりから離れた。

胸を張って歩み寄り、門番に面と向かう。

「矢背蔵人介と申す。頭《かしら》に取次ぎを願いたい」

「しばし、お待ちを」

門前払いにはされず、意外なほど丁寧に応対されたので、かえって恐縮してしまう。

しばらくすると門番が戻り、門の内へ招じられた。

待っていた案内役は、黒羽織の年増《としま》である。

「矢背蔵人介さま、どうぞこちらへ」

わざわざ姓名を復唱する様子が怪しい。聞いたおぼえでもあるのだろうか。

門の内には藁《わら》葺《ぶ》き屋根の小屋が所狭しと並び、居酒屋のようなところではみすぼらしい風体《ふうてい》の男たちが賑やかに酒盛りをしていた。ふたり連れの鳥追《とりおい》が三味線を弾きながら露地を流しており、寝つけぬ赤子をおぶってあやす母親なども見受けられる。

一見すると、何処にでもあるような裏長屋の光景だが、いずれの小屋も薄い板で囲っただけの吹きさらしであった。部屋には襖や障子や畳がない。非人《ひにん》小屋は天井や長押《なげし》も禁じられているので、寒々しい印象を受けるのだろう。

「さあ、あちらへ」

誘われた車善七の屋敷だけは、しっかりとした造りの建物であった。

表玄関まで敷石が敷かれ、敷居をまたぐと檜《ひのき》の香りまでする。

上がり端をみれば、主人らしき人物が正座していた。

「車善七にござります」

両手を床につき、顔をあげるや、鋭い蜥蜴《とかげ》目を光らせる。

頭みずからの出迎えとは驚いた。

「矢背蔵人介と申す」

蔵人介は一礼し、雪駄《せった》を脱いだ。

導かれた八畳間では、上座に導かれる。

妖しげなおなごたちが酒膳を運んできた。

「ようこそ、お越しくださりました」

善七は膝を寄せ、みずから酌をしてくれる。

毒がはいっておらぬか、勘ぐりたくなった。

こんなふうに歓待される理由がわからない。

「おぬし、わしのことを存じておるのか」

「くふふ、存じておりますとも。鬼役の矢背蔵人介さま」

口角を吊りあげて笑いながらも、目だけは少しも笑っていない。

四千人からの非人を差配する男は、対峙《たいじ》する者を呑みこむほどの威厳を備えていた。

六

善七は下座に畏まり、すっと襟を正す。

「幼い頃、先代に何度も聞かされやした。千代田の御城には、おっかねえ鬼が棲んでいる。悪いことをしたやつは、その場で首を刎《は》ねられる。そのお方は将軍家お毒味役の鬼役どので、矢背というめずらしい姓の持ち主なのだと聞かされ、布団のなかで小便をちびったのをおぼえておりやす」

先代は矢背姓の由来や洛北《らくほく》の山里で暮らす一族のことを、恐ろしげな声で囁いたらしい。

「およそ千二百年前に勃《お》こった合戦において、御所から逃れた天子さまが洛北の地で背中に矢を射かけられた。その逸話に因《ちな》む『矢背』なる地名がのちに『八瀬《やせ》』と記されるようになり、一族を率いる首長《しゅちょう》の家にだけ矢背姓が残された。八瀬衆は鬼の子孫ゆえ、秘かに鬼を奉じている。都人《みやこびと》からすれば忌《い》み嫌うべきものにもかかわらず、八瀬衆だけは鬼を敬い、鬼の子孫であることを誇った。とまあ、そうした鬼の一族のはなしを聞くにつけ、小せえあっしは歯の根も合わせられねえほどに震えておりやした」

志乃の先祖は都人の弾圧から免れるべく、世を忍んで比叡山《ひえいざん》に隷属《れいぞく》する寄人《よりうど》となり、延暦寺《えんりやくじ》の高僧や皇族の輿をも担ぐ力者《りきしや》の地位に就いた。戦国の御代には禁裏《きんり》の間諜《かんちょう》となって暗躍したとも伝えられ、武家の頂点に立った織田信長《おだのぶなが》でさえも「天皇家の影法師」と呼んで八瀬衆を懼《おそ》れたという。

それにしても、まさか、善七の口から矢背家の根っ子に繋《つな》がるはなしを聞かされるとはおもってもみなかった。

「公家《くげ》筆頭の近衛《このえ》さまから庇護《ひご》されているとも聞きやした。わからねえのは、御先祖さまが江戸へ下ったご事情でござんす。よほどのご事情でもねえかぎり、信長公でさえも憧れた血筋のお方が徳川の手先になるはずはねえ……」

じっとみつめられても、蔵人介は表情ひとつ変えない。

「……なるほど、その辺りに触れちゃならねえ。触れれば、素首《そっくび》が飛ばされるってわけでやんすか。ふへへ、矢背さまがそうお考えなら、金輪際《こんりんざい》、余計なことは口にいたしやせん。されど、非人頭を嘗《な》めてもらっちゃ困る。ご覧のとおり、不浄門のこっちにゃ、世間から弾きだされた連中が身を寄せあっておりやす。非人は人に非ず、人別帳《にんべつちょう》に載せられねえ役立たずの落ちこぼれとされ、生業《なりわい》を持つことは禁じられ、勧進《かんじん》で食いつなぐしかありやせん。されど、御奉行さまも仰いやした。非人の抑えが利かねえと、江戸の平穏は保てねえと」

南町奉行になった遠山のことばであろうか。

蔵人介も耳にしたことがある。非人は生業を禁じられているため、皮革細工や蠟《ろう》燭《そく》の灯芯《とうしん》作りを生業とする穢多《えた》よりも下にみなされていた。小塚原《こづかっぱら》の刑場へおもむき、穢多の指図で刑死人を罪木から下ろしたり、刑死人の離れた首と胴を俵詰めにしたりもさせられる。

穢多頭の浅草弾左衛門《あさくさだんざえもん》の下に置かれているのが善七には不満のようで、弾左衛門の頸木《くびき》から解きはなってほしいという訴えを何度も起こしてきた。

「何せ、大勢の乾分《こぶん》を食わしていかなくちゃなりやせん」

遠山によれば、穢多は浅草新町に与えられた広大な敷地に集められているが、非人のほうは江戸じゅうに散らばっており、非人小屋で暮らす「抱え非人」のほかにも、道端で寝起きするしかない「野非人《のびにん》」と呼ばれる者たちがいた。

「野非人は生まれ故郷へ帰《け》えすのが定めでござんすが、ほとんどは帰えるさきのねえ連中ばかり。放っておけば、たいていは野垂《のた》れ死ぬ。疫病の原因《もと》にもなりやしょうから、誰かがひとつところに集めなくちゃなりやせん」

集められたさきが、遊廓の隣に築かれた溜なのである。誰もが嫌がることを、車善七の名を世襲する非人頭たちは営々とつづけてきた。それゆえ、町奉行でさえも頭があがらぬのだ。

「不浄門からはいって、右手に溜はごぜえやす」

幅七尺（約二・一メートル）の堀割で囲まれ、堀割には一本の石橋が渡してある。門の向こうには、大溜、二之溜、三之溜と名付けられた建物があり、薬膳所や病死人の安置所、横目《よこめ》と呼ばれる番人が控える番小屋なども建てられていた。

収容された者のなかには、遠島の刑を待つ十五に満たぬ子どもなどもふくまれているが、ほとんどは道端で横死《おうし》しかけた者や瘡に罹った遊女たちであった。飢饉《ききん》のときは四百人からの病人を収容したというから驚きである。

「くふふ、埒外《らちがい》の者同士、これを機に矢背さまとは昵懇《じっこん》になりてえもんで」

「昵懇になるのは吝かでないが、ちと聞きたいことがある」

蔵人介に問われ、善七は眸子を細めた。

「ひょっとして、碧い目の女医者のことでやしょうか」

「わかっておったのか」

「じつは、同じご用件で昼間に訪ねてこられたお方がおられやしてね。名乗られやせんでしたが、矢背さまのお顔を拝見して、そのお方の氏素性が何となくわかりやした」

「わしの実子だ」

「やっぱり、面影がござんす。ご子息はお医者さまで」

「ああ、そうだ。従者もおったであろう」

「ええ、おられやした。女医者について知らぬ存ぜぬで通そうとしたところ、刀を抜くほどの勢いで威《おど》されやしてね、仕方ないので早々にお引き取りいただきやした。

気の短けえ蟹侍さえいなけりゃ、少しは喋ってあげられたかも」

舌打ちしたくなった。

串部はいったい、何をしているのだ。

蔵人介はあくまでも冷静を装い、静かな口調で尋ねる。

「おなごの医者については、何も喋らなかったのか」

「溜にゃいねえと申しあげやした。それはまことのはなしで。多喜さまは半月ほど溜におられ、骨身を削って病人の治療に当たっておられやした。瘡に罹ったおなごたちにしたら、薬師如来《やくしにょらい》にみえたにちげえねえ。何せ、二股針《ふたまた》を巧みに使って、あっという間に快癒《かいゆ》させちまうんだから。ありゃ、まさしく神業《かみわざ》でやすよ」

多喜が溜から出ていったのは、数日前のはなしであった。

「出ていった理由はわからぬのか」

「何でも、人買いに攫《さら》われた男の子を捜しておられるとか。まるで、向島《むこうじま》の木母《もくぼ》寺《じ》に因んだ梅若《うめわか》伝説でござんすよ。子を失った母御前《ははごぜ》のすがたが重なって、おもわず涙ぐんじまったほどで」

多喜には四つの子があるようだと、幸恵は言っていた。善七のはなしから推せば、母と子は上方をいっしょに離れたのではないらしい。多喜は人買いに攫われた我が子を追って、江戸へ下ってきたのではなかろうか。

鐵太郎はおそらく、そのことをまだ知らない。早く教えてやりたかった。

「四つの男の子と聞いて、おもいあたることがありやした。とある金満家《きんまんか》が碧い宝石を数千両の金子で買ったっていう噂でやす。どんな宝石なのか、誰ひとり知る者はおりやせん。ところが、あっしの耳にゃへえってきた。そいつは石なんかじゃなく、碧い目の幼子だったそうで。まことのはなしなら、買われたのは多喜さまのお子にちげえねえ。そいつを喋ろうかどうしようか迷ったすえに」

「喋ったのか」

「ええ。去られたのを知ったときは後悔しやした」

「宝石を買った金満家とは、いったい誰のことだ」

「四ツ目屋を惣仕舞いにしたお大尽でやすよ」

「出牛屋銀兵衛か」

善七がその名を告げた翌朝、多喜は溜から消えたという。

「『出牛屋ってのは、いってえ何者なんだ』とね、旦那のお顔にゃ、そう書いてございやすよ。さすがのあっしも、よくわかりやせん。ただの札差じゃねえってことだけは確かなようで、ひょっとしたら、さっき溜に運ばれてきた野郎が何か知っているかもしれねえ。よろしけりゃ、今からご案内いたしやすけど」

「頼む」

蔵人介はうなずき、すっと煙のように立ちあがった。

所作の美しさに見惚《みと》れたのか、善七はほうっと溜息を吐く。

屋敷から外へ出て、導かれるがままに薄暗い石橋を渡った。

門を潜った途端、饐《す》えた臭いに鼻をつかれる。

藁葺きの小屋からは、患者たちの呻き声が聞こえてきた。

敷居をまたいださきは、薬膳所のようだった。あらかじめ段取りしてあったのか、薬箪笥に囲まれた三和土《たたき》には戸板が置かれ、傷の手当てをしてもらったばかりの男が仰向《あおむ》けに寝ていた。

誰かとおもえば、四郎兵衛会所の巨漢に鉄棒で撲《なぐ》られた町人である。

「山中屋金兵衛っていう元札差でやす」

「鉄棒で強《したた》かに叩かれておったな」

「痛みに耐えかね、ずっと叫んでおりやした。阿片《あへん》を吸わせてやったら、ようやく、おとなしくなったみてえで」

「阿片だと」

「ええ、ご禁制の薬種でも何でも、溜にゃひととおり揃っておりやす。文句を言うお役人なんざ、ひとりもおられやせんよ。もっとも、溜を覗く物好きもおりやせんけど」

屈《かが》んで上から覗きこむと、金兵衛は焦点の定まらぬ目を向けてきた。

「……あ、あんたは……だ、誰だ」

「閻魔《えんま》大王の使いさ。出牛屋銀兵衛について、知っていることをすべて聞かせてくれ」

「……で、出牛屋……あ、あいつは悪党だ……こ、転び切支丹の末裔《まつえい》で……と、徳川家の滅亡を望んでいる」

「何だと」

「幕府を滅ぼすのは、さほど難しいことではない。ぬはは、やり方次第ではな」

出牛屋が憑依《ひょうい》したかのように声色さえも変わり、金兵衛は頬を震わせて笑ったが、すぐさま気を失い、二度と目を醒まさなかった。

指で首筋を押さえ、善七は眉間に皺《しわ》を寄せる。

「くそっ、死んじめえやがった。矢背さま、何やら、とんでもねえことになってきやしたね」

「ああ、そうだな」

亡くなった元札差のはなしを、戯《ざ》れ言《ごと》と聞きながすわけにはいかぬ。

出牛屋と対峙するときが近づいているのは確かだが、鐵太郎や多喜の行方も気になった。

蔵人介は善七に礼を言い、病人と死人が同居する溜をあとにした。

七

跳ね橋を渡って遊廓へ戻り、華やかな仲の町を横切って京町一丁目までやってきた。

大見世が軒を並べる横町に踏みこむと、何やら通りが騒然としている。

四ツ目屋の辺りだ。

「取り籠《とこ》もりだぞ」

若い者が籬から飛びだしてきた。

急いで向かうと、客や奉公人たちが一斉に内から逃げてくる。

「うわっ、助けてくれ」

二階の窓から逃れ、大屋根に這いつくばる客も見受けられた。

蔵人介は流れに逆らって進み、籬の敷居を踏みこえる。

一階の大広間には、新造や奉公人たちが残っていた。

禿たちは泣きながら、姉女郎にしがみついている。

「ひゃあぁ、やめて」

二階から、悲鳴が聞こえてきた。

奥の大階段まで走ると、若い者らが固唾《かたず》を呑んで上の様子を窺《うかが》っている。

一番上の段で屈《かが》んでいるのは、裏方を仕切る遣り手《やりて》であろう。

廊下には斬られた者たちが点々と倒れ、呻き声をあげていた。

人斬りはどうやら、貸切にされていた奥の座敷にいるらしい。

「四郎兵衛会所の連中はまだかよう」

遣り手は不安げな顔で、こちらに目を寄こす。

「何があった」

蔵人介が低声《こごえ》で尋ねると、早口でまくしたてた。

「酔った浪人が刀を抜いて、春日野をばっさり斬っちまったんだよう」

客も何人か斬り、禿ひとりを小脇に抱えるや、わけのわからぬことを喚きちらしているという。肝心なときに楼主の三太夫《さんだゆう》は留守にしており、女将のおまつが懸命に説得をこころみているものの、浪人は聞く耳を持たぬらしかった。

「惣仕舞いにした出牛屋銀兵衛はどうなった」

「知らないよう。早々と逃げちまったんだろうさ」

凶事を予期していたかのように、いつの間にか座敷から消えていたという。

ぎゅっと、蔵人介は眉を寄せた。

「下手に突っこめば、死人が出るよう」

殺気を感じた遣り手が、袖の端を摑もうとする。

その手をやんわりと振りほどき、階段から廊下に一歩踏みだした。

そこへ、凄まじい勢いで下から階段を駆けのぼってくる者がある。

「大殿、拙者にお任せを」

串部であった。

少し遅れて、鐵太郎もやってきた。

「父上、何故こちらに」

こたえるのも面倒なので、恐い目で睨みつけてやった。

鐵太郎は下を向き、顔もあげずに階段をのぼってくる。

「さあ、まいりましょう」

串部が先導役となり、忍び足で廊下を渡っていった。

女将は座敷の入口で立て膝になり、必死に声を嗄《か》らしている。

「後生《ごしょう》です、禿を助けてください」

脇から覗いてみると、座敷は八畳の二間つづきで、五分月代《ごぶさかやき》の浪人が奥の床の間で仁王立ちになっていた。

畳で横向きに倒れているのは、春日野であろう。

伊達兵庫は崩れ、着物の襟ははだけている。ぴくりとも動かぬが、生死は判然としない。

一方、浪人が小脇に抱えた禿はぐったりしており、叫ぶ元気も失っているようだ。

「あっ」

浪人の顔をみた鐵太郎が、小さく声をあげた。

「父上、あの者を知っております」

「何だと」

「六浦の漁師町で見掛けました。伊原とか申す武蔵金沢藩の横目付にござります」

「磯松の父を斬った男か」

「まちがいございませぬ」

伊原はおのれの役目をはきちがえ、感染の疑いがある漁師たちを片っ端から斬りすてていった。凶行を重ねるうちに物狂いの兆候をみせはじめ、最後は自刃もできずに出奔《しゅっぽん》したのである。そして、おそらくは本性を隠したまま江戸へ逃れ、吉原遊廓に流れついたのだろう。

「許し難いやつめ」

串部は吐きすてたが、下手に突っこめば禿の命はない。

「どうか、お助けを」

女将がこちらに気づき、手を合わせて拝もうとする。

「任せておけ」

肩を怒らせる串部の脇を、蔵人介がすっと通りぬけた。

「あっ、父上」

鐡太郎の呼びかけにも振りむかず、奥の部屋との境目まで気配もなく進み、伊原と対峙する恰好で足を止めた。

「おぬしは誰だ」

伊原は口から涎《よだれ》を垂らし、真っ赤な眸子を向けてくる。

蔵人介は腰の大小を鞘ごと抜き、足許にそっと置いた。

「わしを斬れ。その代わり、禿は助けてやれ」

「ふん、恰好つけおって。おぬしは誰かと聞いておる」

「告げたところで、わかるまい。幕臣の矢背蔵人介だ」

「貧乏旗本か。どうして、廓におる」

「同じ問いを返そう。おぬしのような者が、何故、宴席におったのだ」

「出牛屋に招かれたからよ」

「嘘を吐くな」

「嘘ではない。用心棒に雇われたのさ。疫病のはなしを聞かせてやったら、出牛屋め、たいそう喜んでな」

伊原は袖口をまさぐり、三角の小さな包みを取りだす。

「これが何かわかるか。ぐふっ、疫病で死んだ漁師の血を固めて粉にしたものだ。これと同じ包みをな、出牛屋は百両で買いおった。わしはその百両で吉原一の花魁と懇《ねんご》ろになり、この世とおさらばしようとおもったのだ。されど、花魁に拒まれた。死に神に取り憑《つ》かれた男とは、懇ろになりたくないらしい」

「それしきの理由で斬ったのか」

「ああ、斬った。誰であろうと、近づく者は斬る」

「ならば、わしを斬るがいい」

蔵人介は、つつっと身を寄せる。

「寄るな。おぬしは、どうして死にたがる」

「春日野とは、幼馴染みでな……」

蔵人介は嘘を吐き、さらに一歩近づいた。

「……偶《たま》にこうして、顔をみに来るのだ」

伊原は憐《あわ》れむように微笑み、春日野の横顔を上から覗きこむ。

「なるほど、花魁に下心があるのだな。ならば、あの世で添い遂げるがよい。望みどおり、死なせてやる」

伊原は禿を脇に放り、手にした刀を大上段に振りあげる。

「矢背とやら、念仏でも唱えよ」

念仏の代わりに、蔵人介は妙な歌を口ずさむ。

「根をしめて風にまかする柳みよ、なびく枝には雪折れもなし……」

柳剛流の「免許」に添えられた古歌にほかならない。

「……串部っ」

最後に凜然《りんぜん》と呼びつけるや、背後から陣風が迫った。
陣風は蔵人介の脇を通りすぎ、伊原の足許を擦りぬける。
「ぬおっ」
伊原は異変に気づかず、大上段から白刃を振りおろす。
刹那《せつな》、ずんと丈が低くなり、前のめりに倒れていった。
――ぐしゃっ
顔面を畳に叩きつける。
鼻の骨が折れたのだろう。
何が起こったのか、本人もわかっておらぬはずだ。
床の間には、二本の臑《すね》が切り株のように残されている。
伊原は生温い血の池で藻掻《もが》き、溺れるように息絶えた。
「成敗つかまつった」
串部は血振りを済ませ、同田貫《どうたぬき》を鞘に納める。
無論、繰りだした技は柳剛流の臑斬りだった。
すかさず、蔵人介が指図する。
「串部、禿を部屋の外へ」

「はっ」

蔵人介は屈み、春日野の首筋に触れた。

「鐵太郎、脈があるぞ」

呼びかけても、鐵太郎は駆けてこない。

廊下のほうで、女将を診ていた。

「くそっ」

女将は嘔吐を繰りかえしている。

「父上、今すぐ四ツ目屋を閉鎖せねばなりませぬ」

「何故だ」

「女将が虎狼痢《コロリ》の症状をみせております」

「虎狼痢だと」

「疫病にございます。伊原が持ちこんだのかもしれませぬ。少なくとも京町一丁目は、ひとの出入りを禁じねばなりませぬ」

大階段の下が騒がしくなり、楼主の三太夫を筆頭に四郎兵衛会所の連中が駆けあがってきた。

「遅いぞ、何をしておった」

叱りつけたのは、鐵太郎である。

「おぬしが楼主か。女将は疫病に侵されたぞ。すぐさま、この見世と京町一丁目一帯へのひとの出入りを禁じよ」

「おめえさんは医者か」

「わたしは蘭方医だ。六浦で同じ疫病の治療に携わった。わかったら、すぐに動け」

三太夫は抗いもせず、鐵太郎の指図にしたがった。

疫病と聞いて動揺しつつも、事態の深刻さを咄嗟《とっさ》に理解したのだろう。

「大殿、とんでもないことになりましたな」

禿を肩に担いだ串部が、他人事《ひとごと》のように喋りかけてきた。

ずんぐりした指に付いているのは、伊原の返り血であろうか。

血の付いた指を鼻の下にあてがい、ずりっと鼻水を啜りあげる。

串部の何気ない仕種を、蔵人介は苦い顔で睨みつけた。

八

遊廓には幸い布団や肌着や桶などが豊富にある。何と言っても町割りがしっかり築かれているので、疫病に感染したと疑わしき者を閉じこめておくのに都合がよかった。

憂うべきは人手である。

猫の手も借りたい情況だが、疫病と聞いて手伝おうとする者はほとんどいなかった。それでも、楼主の三太夫が報酬を小判で払うと聞き、どうにか奉公人たちを引き留めることはできた。

もちろん、奉公人のなかには感染した疑いのある者もいる。

みなが疑心暗鬼《ぎしんあんき》になるなか、患者は増えつづけた。

床に寝かされた者たちのなかには、げっそり頬の痩《こ》けた串部もいる。

やはり、感染源の粉を服用したとおぼしき伊原の血に触れたからであろうか。

伊原を成敗した翌日から高熱を発し、食べ物も水も受けつけぬほどに悪化していた。

かった。


「虎狼痢とは、これほど恐ろしいものなのか」

蔵人介は布で鼻と口を覆い、みずからも患者に対応した。

並みの医者よりも役に立つし、生薬の知識も豊富にある。

だが、できることは決まっており、患者に水分を効率よく補給させることしかなかった。

「部屋に出入りする際は手を洗え。同じ布で拭くでないぞ」

鐵太郎は声を嗄《か》らし、手伝いの者たちを鼓舞《こぶ》しつづける。

ほとんど眠れずに三日目の朝を迎えたところへ、頼もしい助っ人があらわれた。

幸恵である。

吾助とおせきも連れてきた。

三人は懸命に動きまわっている。

志乃からは激励の文も届けられた。

だが、患者は二十人を超え、増えこそすれ、減じる様子はない。

体力に乏しい遊女や禿たちは、次第に衰弱していくのが目にみえてわかる。

一方、伊原に斬られた春日野は感染せず、快復の兆しをみせはじめていた。

四日目になると、侍がひとり運ばれてきた。

部屋住みの三男坊だが、親は幕府の重臣だという。

偶《たま》さか京町一丁目の廓へ遊びにきて、閨《ねや》をともにした遊女から虎狼痢に感染させられたらしい。氏素性は頑《がん》として明かさなかったが、高価そうな召し物や従者を三人も連れているところから推すと、身分の高い家の子息というのは嘘でなかろう。

そもそも、侍の廓通いは法度《はっと》で禁じられている。表沙汰になれば親に迷惑が掛かるので、この場で腹を切ろうとしても止める者はいない。だが、腹を切る勇気もない男のようだった。廓の外へ逃げなかっただけでも、まだましというしかなかろう。

「医者ならば、どうにかせよ」

居丈高《いたけだか》な態度でねじこんでくるのは、癇癖《かんぺき》の強そうな従者のひとりだった。

しっかりと面倒をみるように、雇い主の父親から厳命されているのだろう。

廓で疫病に感染したとわかれば、どのような罰を受けるか想像もできない。

必死になるのもわからぬではないが、できる治療はほかの患者といっしょだ。

「部屋をひとつ寄こせ。ご子息を不浄な輩といっしょにはできぬ」

何だかんだとごねているところへ、みすぼらしい風体の男が戸板で運ばれてきた。

「道端に倒れておりやした」

四郎兵衛会所の若い者に耳打ちされ、楼主の三太夫が難しい顔で顎を撫でまわす。

運ばれてきた男はどうやら、厠の掃除に勤《いそ》しんでいた非人らしい。

食べ物の残りを食べたか水を呑んだかしたせいで、虎狼痢を発症したようだ。

さきほどの従者がすぐに気づき、激しい剣幕で怒鳴りつけてくる。

「そやつは非人であろう。芥《ごみ》も同然の者をどうして運んできたのだ。早う外に出せ。籬の内へ入れてはならぬ」

言われた連中は仕方なく、戸板を持ちあげようとする。

「待て。外に運ぶ必要はない」

凛然と発したのは、鐵太郎であった。

蔵人介や幸恵たちは息を詰め、少し離れたところから様子を見守っている。

従者は板の間から三和土に飛び降り、鐵太郎に食ってかかった。

「どうするつもりじゃ」

「ご覧のとおり、誰かひとりに部屋をあてがう余裕はありませぬ。みな、同じ部屋で治療いたします」

「何じゃと。非人といっしょに診ると申すか」

「患者に身分の別、貴賤《きせん》の別はございませぬ。目の前で苦しむ者を診るのが、医者の務めにござります」

「……こ、こやつめ」

従者は腰を落とし、刀の柄に手を掛ける。

乗りだそうとする幸恵を、蔵人介が手で制した。

鐵太郎は微動だにしない。

「わたしを斬れば、あなたのご主人は助からぬかもしれませぬ。それでも斬ると仰せなら、どうぞご勝手に」

見事な啖呵《たんか》を切り、首の後ろをぱしっと掌で叩く。

さすがは鬼役の子だ。

従者はぐうの音《ね》も出ない。

気づいてみれば、殺気立った連中に囲まれていた。

従者が刀を抜けば、匕首が殺到するにちがいない。

緊迫した空気を、三太夫ががらりと変える。

「ここは廓の内、差配するのは楼主のおれだ。侍も町人もねえ。この際、非人も同じ仲間だ。さあ、ふたりとも部屋に運べ。ぐずぐずするんじゃねえ」

「よし、運べ運べ」

四郎兵衛会所の連中が嬉々として応じ、鐵太郎の指図にしたがって素早く動きだす。

蔵人介は涙ぐむ幸恵を、そっと胸に抱きよせた。

吾助とおせきもうなずきながら、立派になった鐵太郎のすがたに目を細めている。

「義母上《ははうえ》に一刻も早く、お聞かせしとうございます」

「そうだな」

幸恵の疲労も濃いので、ひと足さきに家へ戻るようにと告げた。

ふたたび籬の内へ立ち入るのは禁じられるが、鐵太郎の許しさえあれば、感染していない者たちは各々の家に戻ることができるのだ。

混沌《こんとん》とした情況は薄れ、ようやく光明がみえてきたのは、十日目のことである。

これまでの死者は、新造がふたりと禿が三人だった。

治療に勤しんだ者たちは悲しみに暮れたものの、死者が五人で済むとは誰もおもっていなかった。鐵太郎の的確な指図を守り、誰もが分け隔てなく患者の面倒をみてくれたおかげだろう。

「みなの努力が報われた」

女将が死なずに済んだこともあり、楼主の三太夫は手放しで喜んだ。

本来であれば、町奉行の遠山がみずから足を運び、慰労のことばのひとつも発するべきかもしれない。

それほどの偉業なのだと、蔵人介はおもわざるを得なかった。

串部も死の淵から生還し、玉子粥《たまごがゆ》を啜るまでに快復している。

「地獄の入口に着いたら、大殿の泣き顔が瞼《まぶた》の裏に浮かびました。これは是が非でも戻らねばと、死力を尽くしたのでござる」

軽口も飛びだすようになったので、蔵人介もほっと安堵の溜息を吐いた。

ところが、すべての努力が水泡《すいほう》に帰《き》すような出来事が勃こった。

真夜中のことである。

息苦しくて眠りから醒めると、部屋に黒煙が忍びこんできた。

「火事だ」

誰かが叫んでいる。

飛び起きたところへ、串部が駆けつけた。

両肩に春日野と禿を担ぎ、裸足で逃げる構えをみせる。

「患者をひとりも置いていくな」

大声で叫んだのは、鐵太郎であった。

患者たちは戸板に乗せられ、つぎつぎに部屋から運びだされていく。

蔵人介も手伝った。

吾助と戸板の前後になり、何度も外とのあいだを往復した。

火のまわりは早く、何人かは煙に巻かれたようだった。

外に出て振りかえれば、四ツ目屋は紅蓮《ぐれん》の炎に包まれている。

両隣の大見世にも延焼し、やがて、京町一丁目の一帯は火の海になった。

焼け死ぬ者がひとりも出なかったのは、遊女や奉公人の多くがあらかじめほかの町に移っていたからだろう。

幸い風も吹いておらず、火は二町《ちょう》を焼いただけで消しとめられた。

丑《うし》ノ刻（午前二時）から大雨が降りはじめたことも幸いしたようだ。

火が鎮まると、付け火の下手人捜しがはじまった。

「さようなもの、非人にきまっておろうが」

三太夫の面前で騒ぎたてたのは、廓に留まっていた幕臣の従者である。

主人は快復の兆しをみせ、明日にでも家に戻る許しが出るところだった。

だが、事態は急変する。

奉公人の何人かが目撃しており、付け火の下手人は従者だと告げたのである。

「やったのは、おめえさんだろう」

三太夫に迫られ、従者は居直ってみせた。

火を放って何もかも焼きつくし、疫病の痕跡を残さぬようにしたのだという。

「穢《けが》れはすべて焼きつくす。これも世のためじゃ」

そんな言い訳が、廓で通用するはずはない。

付け火をやった従者だけでなく、主人やほかの従者たちも、四郎兵衛会所の者たちが何処かへ連れていった。

その連中がどうなったかなど、蔵人介には関心がない。

廓の一角が焼け野原になっても、鐡太郎は別の場所で黙々と治療をつづけていた。

治療を必要とする者のなかには、酷《ひど》い火傷《やけど》を負った者たちもいる。

江戸町二丁目の大見世に、怪我人がつぎつぎに運びこまれてきた。

とてもではないが、鐡太郎ひとりでは手がまわりそうにない。疲労困憊《こんぱい》なのはあきらかで、精神の力だけでどうにか持ちこたえている。

おそらく、医者の矜持《きょうじ》がそうさせるのだろう。

今にも倒れそうなすがたを、みているのも辛くなった。

気づいてみれば、降りつづいた雨はあがっている。

外へ出ると、曇天の割れ目から陽光が射しこんでいた。

眩《まぶ》しげな眸子を向けると、非人頭の車善七がやってくる。

蔵人介に一礼してから鐵太郎のそばへ歩みより、ぐすっと洟水《はなみず》を啜りあげた。

「先生、あんたは身を挺《てい》して、あっしらの仲間を守ってくれた。そんなお方はいねえ。あっしは、あんたに惚れた。だから、江戸じゅうの非人たちに触《ふ》れを出したんだ」

「えっ」

「みつかりやしたよ、お捜しのお方が」

「まことか」

「ええ、あちらをご覧なせえ」

焼け跡の狭間《はざま》に、背の高いおなごが佇《たたず》んでいる。

陽光を背に受けており、表情はわからない。

だが、多喜にまちがいなかろう。

「……き、来てくれたのか」

鐵太郎は声を震わせる。

その背中を、蔵人介がそっと押した。

ふたりはゆっくり歩を進め、一間《けん》（約一・八メートル）ほどの間合《まあい》で足を止める。

傍《そば》でみている者にとっても、沈黙が永遠のように感じられた。

「矢背さま、ここからはわたくしが。少しお休みくださりませ」

労《ねぎら》うような口調で切りだしたのは、多喜のほうであった。

九

多喜の瞳は、雲ひとつない紺碧《こんぺき》の空をおもわせた。

さっそく鐵太郎に紹介されたが、多喜は多くを語らなかった。

上方を離れた経緯はもちろん、四つの幼子についても、江戸へ下ってからの日々についても語らず、鐵太郎も敢えて尋ねようとはしなかった。

幾筋もの黒煙があがる楼内は、傷病人で溢《あふ》れている。

ふたりの蘭方医にとって、今は患者を救うことが何よりも優先すべき務めなのだ。

多喜につづいて、意外な助っ人もすがたをみせた。

大坂は道修町出身の薬師《くすし》、角野薫徳《かどのくんとく》である。

外見は烏賊《いか》の燻製《くんせい》のように干涸《ひか》らびた五十男だが、生薬の調合にかけては右に出る者がいないほどの知識を兼ねそなえていた。

蔵人介も何度か、毒の見分け方で教えを請《こ》うたことがある。

「掃き溜めに鶴ならぬ焼け跡に鶴とは、多喜さまのことやな」

じつは、鐵太郎も薫徳の名は聞いていたらしい。江戸に希代《きたい》の薬師がいると教えてくれたのは、道修町にある『難波雀』の主人であった。

「半月前のことや。多喜さまがな、わざわざ難波町《なにわちょう》の一角にある店を探しあて、わてを訪ねてくれはったんや」

挨拶もそこそこに、青黴《あおかび》から精製した培養液はないか、あったら分けてほしいと、迫られたらしかった。

「恐ろしい目力やったわ。蛇に睨まれた蛙も同然やで。このお方の言うことは聞かなあかんおもうたわ」

青黴の培養液については、蘭方医のあいだでも注目されていた。

多喜はそれを梅毒の治療に生かそうと考えていたのだという。

「ほんまは勘弁してほしかったけどな、浅草溜にも連れていかれたんや。ま、非人頭の車善七親分には、ようしてもろたわ」

薫徳の語った内容から、多喜のたどった足跡が少しはみえてきた。

ともあれ、希代の薬師は吉原の火事騒ぎを耳にし、難波町から馳せ参じたのだ。

「わてのつくった薬は、火傷にも効くはずや。道修町のど根性、みせたるで」

陽気な薬師の心意気は、惨状に蹲《うずくま》る者たちに勇気を与えた。

鐵太郎と多喜が力を合わせれば、傷病人たちは快復へと向かうにちがいない。

一方、蔵人介にもなすべき役目がある。

千代田城本丸の普請にあたって、普請を差配した重臣たちが公金の一部を阿漕な商人から裏金として受けとっていた。目安箱の訴状によって生じた疑いを調べ、確たる証拠を摑んだうえで、奸臣どもに引導を渡さねばならぬ。

ただし、遠山の定めた三日の期限は疾うに過ぎていた。

焦りがないと言えば嘘になるし、いまだに出牛屋銀兵衛の尻尾を摑めぬことに苛立ちもおぼえている。

鐵太郎の許しを得て、蔵人介はひとりで御納戸町の家に戻ってきた。

不思議なことに、それほど長く留守にしていたような気がしない。

寝食も忘れて格闘した日々が、夢のなかの出来事にしかおもえなかった。

冠木門の脇には、人影がひとつ張りついている。

公人朝夕人の土田伝蔵であった。

「お久しぶりにござります」

「苦言か」

「いいえ、ご報告にまいりました。卯三郎どのに密命が下されております」

十分に予想はしていたので、別に驚きはない。

三日の期限を守らなかった。非は自分にある。

「今宵、浮世小路《うきよしょうじ》の『百川《ももかわ》』にて、出牛屋が宴席を催します」

その宴席にどうやら、引導を渡すべき勘定奉行と勘定吟味役が雁首《がんくび》を揃えるらしい。

密命を果たすのに、これ以上の好機はなかろう。

「『百川』か」

「名の知られた料理茶屋にござりますが、何か引っかかることでも」

「いや、別に。わしが関わっていること、卯三郎は知っておるのか」

「少なくとも、それがしからは申しあげておりませぬ」

「何故、卯三郎には内緒にするのだ」

「矢背さまがご自身で説かれるべきかと。父子のあいだで絡まった糸を解くのが、それがしの役目ではござりませぬ」

伝蔵はおそらく、卯三郎が失敗《しくじ》ったときのことを考えているのだろう。

二段構えで備えさせよと命じたのは、もしかすると、遠山かもしれない。

「日が暮れて、半刻は過ぎました。今から向かわねば、遅きに失するやもしれませぬ」

「ふん、余計なお世話だ」

「行かぬというご判断もありましょう。そのあたりはご随意に」

伝蔵は頭を垂れ、するりと暗がりに溶けてしまう。

ひとり残された蔵人介は、門前から踵を返した。

密命を下されたときから、もやもやとした感じを拭えずにいる。

なるほど、的に掛ける相手は重臣ではあろうが、札差になりたての商人との付きあい方が緩《ゆる》すぎるような気がしてならなかった。簡単に言えば、脇が甘すぎる。慎重さに欠ける相手は、敵としての貫目《かんめ》が足りない。

長きにわたって裏の役目に勤しんできた蔵人介にとっては、それが正直なおもいであった。

もちろん、根拠のない勘働きゆえ、卯三郎に告げる必要はなかろう。

今となってみれば、宴席の三人に引導を渡すかどうかは、卯三郎の判断に委ねるしかないかもしれぬ。

浮世小路の『百川』は、室町《むろまち》三丁目を右手に曲がったさきにあった。魚や鳥肉や野菜を盛った大皿を卓袱《しつぽく》のまんなかに置き、豪勢な雰囲気を演出する。長崎経由で伝わった唐国の流儀で客をもてなす高価な見世だ。

蔵人介は足早に小路を突っ切り、伊勢《いせ》町《ちよう》堀の堀留までやってきた。

堀留の手前には『にんべん』という老舗《しにせ》の鰹節屋があり、その隣には稲荷社が建っている。商売の神さまとして信仰を集める福徳《ふくとく》神社であった。

夜になれば参拝する者もいない境内に、卯三郎は潜んでいるはずだ。

刺客《しかく》が潜むとすれば、これほど好都合な場所はほかになかろう。

朱の鳥居を潜り、甃《いしだたみ》から外れて祠《ほこら》の裏へまわりこむ。

卯の花の香りが漂ってきた。

月明かりは微《かす》かなものの、暗がりのなかに白い花が浮かんでみえる。

人の息遣いが聞こえてきた。

「卯三郎、わしだ」

声を掛けると、強張《こわば》った顔がぬっとあらわれた。

「養父上《ちちうえ》、どうしてこちらに……もしや、伝蔵でござりますか」

「余計なことは知らずともよい。知れば、御用の邪魔になる」

「それは、養父上の教えにございます」

「吉原の遊廓で勃こったことは聞いたか」

「養母上《ははうえ》から、あらましは伺いました。鐵太郎は奮闘しているようですな」

「とりあえず、疫病を封じこめておるわ」

「とりあえずとは、どういうことにございましょう」

首をかしげる卯三郎に、蔵人介は淡々と説いた。

「市中で同じことが勃きてもおかしくはない。しかも、何者かが意図して疫病の種をばらまくやもしれぬ」

「えっ、さような悪党がおるのですか」

「おる。目前にな」

「出牛屋銀兵衛」

「さよう。出牛屋は六浦の木っ端《こぱ》役人から、疫病の種を百両で買った。それを使って、何かやらかそうとしている」

「ふうむ。ならばなおのこと、息の根を止めておかねばなりませぬ」

「ただの商人なら、容易《たやす》かろう」

「ただの商人ではないと仰る」

「落ちぶれた元札差が死に際に申しておった。出牛屋は転び切支丹の末裔だとな。それを聞いて、ひとつおもいだしたことがあった。秩父《ちちぶ》の山間《やまあい》に、出牛という山里がある」

「秩父の山里にござりますか」

「あまり知られておらぬが、出牛という地名は切支丹の神であるデウスに由来する。つまり、出牛は切支丹の隠れ里とも言われておるところなのだ」

卯三郎は思案顔になった。

「出牛屋が隠れ切支丹に関わりがあるとすれば、何を企んでおるのでしょう」

「元札差はこうも申しておった。出牛屋は徳川家の滅亡を望んでいるとな」

笑止《しょうし》千万《せんばん》と言いたいところだが、虎狼痢の種を使って疫病を流行《はや》らせると威しつければ、少なくとも幕府を混乱させることくらいはできるかもしれない。

「それほどの大仕掛けを目論《もくろ》む悪党が、誰もが知る『百川』で堂々と宴席を催すとおもうか」

「罠かもしれぬと仰せですか」

「察しがよいな。重臣どもを餌にして刺客《しかく》をおびき寄せ、逆《さか》しまに狩ろうとしておるのかもしれぬ」

「あらかじめ、こちらの動きが筒抜けだと」

「さもなければ、刺客狩りなどおもいつくまい」

「くっ、いったい誰が」

「城中の誰かであろう。そやつが黒幕かもしれぬ」

「黒幕」

「ふっ。今はまだ、おるのかどうかもわからぬがな」

「黒幕がおるにしても、わざわざ刺客ごときを狩るために、宴席に託《かこつ》けたかような罠を仕掛けるでしょうか」

「鬼役の恐さを知っておるのさ」

「ふうむ、わかりませぬな」

卯三郎が首をかしげるのも理解できる。

杞憂《きゆう》であれば、それに越したことはない。

出牛屋の抱く真の狙いを確かめるべく、敢えて火中《かちゆう》の栗《くり》を拾う意味は大いにあろう。

卯三郎は顔を曇らせた。

「この御役目、最初は養父上に下されたのですね」

「ああ、そうだ。わしがぐずぐずしておったゆえ、遠山さまが痺《しび》れを切らしたのさ」

「あくまでも、それがしは二番手」

「がっかりしたか」

「仕方ありませぬ。未熟さゆえのことにござりましょう」

「そうではない。上の連中の心構えが揺らいでおるのだ」

「どういうことですか」

「悪事の正体が明確に暴けぬ以上、鬼役を使って臭い物に蓋をするしかない。いったんはそう決めたものの、あわよくば悪事の正体も暴いてほしいと、遠山さまあたりは考えておられたにちがいない。それゆえ、臍曲《へそま》がりな父親のほうへ、まずはなしを持ちこんだのだ」

「いろいろと、思惑がおありなのですね」

「あと十年も経てば、おぬしにも上の考えがわかるようになる。それまで生きておればのはなしだがな」

卯三郎はふっと、無邪気に笑った。

どうにか、わかってくれたのだろう。

「段取りは、おぬしに任せる」

蔵人介がうなずくと、卯三郎は唇をぎゅっと結ぶ。

「かしこまりました」

わだかまりは雲間に消え、父子はふたりで事にあたる覚悟を決めた。

十

赤みがかった満月が雲間に顔を覗かせた。

ほんの少しまえに、亥《い》ノ刻（午後十時ごろ）を報せる鐘音《かねおと》を聞いたばかりだ。

ふたりは『百川』の座敷に踏みこまず、的の帰り際を狙うことにした。

料理茶屋の表口には、さきほどから三挺《ちょう》の空駕籠《からかご》が待機している。

三人に引導を渡すつもりだが、外してはならぬ的は三挺目の駕籠に乗る出牛屋銀兵衛になろう。勘定奉行の神林源之丞と勘定吟味役の篠山外記については、どちらかひとりを拐《かどわ》かし、黒幕の名や悪事の筋書きを告白させる腹積もりもあった。

表口がにわかに騒がしくなり、女将の先導で客たちがぞろぞろあらわれた。

重臣とおぼしき覆面のふたりは、先頭と二番目の駕籠に乗りこむ。

先頭は勘定奉行で従者はふたり、二番手は勘定吟味役で従者はひとり、駕籠かきを除けば総勢で五人になるが、その一団を後方から出牛屋銀兵衛らしき商人が見送った。

二挺の駕籠はおもったとおり、緩慢《かんまん》な動きで大路へ向かう。

帰る屋敷は駿河台《するがだい》にあるとわかっていたので、追わずにさきへ行かせた。

出牛屋銀兵衛を葬り、その足で追いかけても間に合うと判断したのだ。

三挺目の駕籠を挟みこむべく、蔵人介と卯三郎は二手にわかれた。

前方で阻むのは卯三郎、後方の押さえは蔵人介である。

「またのお越しを、お待ち申しあげております」

女将の声につづいて、出牛屋らしき人物が駕籠に乗りこんだ。

蔵人介は伊勢町堀の堀留を背にしている。

月影が煌々《こうこう》と道を照らしたので、山積みにされた天水桶《てんすいおけ》の陰に隠れた。

おそらく、卯三郎も物陰に潜んでいるのだろう。

出牛屋を乗せた駕籠がふわっと浮き、静かに滑りだす。

のんびりとした動きだ。

駕籠かきたちは鳴きも入れない。

突如、月が雲に隠れた。

あたりは真っ暗になり、手代の持つ提灯が左右に揺れる。

横風に煽られたせいか、一瞬だけ駕籠は止まった。

蔵人介は袖を靡《なび》かせ、駕籠尻へ迫っていく。

狭い小路のなかほど、やや大路よりであろうか。

左右は板塀に塞がれており、逃げ道は前後しかない。

まさに、袋の鼠も同然だった。

わずかに、月が顔を覗かせる。

行く手には、卯三郎が立っていた。

「うわっ、誰だ」

手代が叫ぶ。

駕籠かきは足を止め、駕籠をその場に降ろす。

卯三郎は表情も変えず、黙然《もくねん》と刀を鞘走らせた。

刃長三尺三寸の秦光代《はたみつしろ》、練兵館で十人抜きをやり遂げ、館長の斎藤弥九郎《さいとうやくろう》から褒美《ほうび》に貰った名刀である。

「ひぇっ」

手代が提灯を捨てると、駕籠かきたちは後ろに向かって逃げてきた。

蔵人介は、さっと身を隠す。

逃げる三人をやり過ごし、駕籠尻に近づいた。

すでに、卯三郎は駕籠脇に立っている。

浮かぬ顔でこちらをみた。

まずい。やはり、罠か。

卯三郎が垂れを捲《めく》ると、なかは蛻《もぬけ》の殻《から》である。

――みし、みしっ。

左右の大屋根に、人の気配が立った。

「逃げろ、卯三郎」

つぎの瞬間、矢箭《や》の雨が降ってきた。

蔵人介は地べたを転がり、軒下へ逃れる。

天水桶の陰に身を入れるや、矢箭が束となって襲いかかってきた。

卯三郎はとみれば、針鼠《はりねずみ》のようになった駕籠の陰に隠れている。咄嗟に底板を外して盾にしたまではよかったが、いつまでも耐えられるはずはなかった。

「ぬうっ」

弓を持つ連中の左右どちらか一方でも除くことができれば、何とか逃れる術《すべ》も出てこよう。

蔵人介は決断した。

ここは一か八か、阿吽《あうん》の呼吸にかけるしかない。

「それっ」

道のまんなかめがけ、空の天水桶を放った。

――ひゅっ、ひゅっ、ひゅっ。

左右の屋根から、矢箭の雨が降りそそぐ。

「今だっ」

蔵人介はさっと飛びだし、針鼠と化した駕籠へ突進する。

卯三郎はこちらの意図を察し、すっと板塀寄りに立ちあがった。

「まいるぞ、卯三郎」

「はっ」

蔵人介は駆けながら地を蹴った。

が、さほど高くは跳んでいない。

卯三郎の掌を踏台にして、今度はおもいきり跳んでみせた。

「とあっ」

敵が矢を番《つが》える一瞬の隙を衝き、右側の大屋根へ舞いおりたのである。

狼狽《うろた》えた敵は、七、八人であろうか。

蔵人介は抜刀するや、瞬きのあいだに三人を斬り、残りの連中は屋根から蹴落としてやった。

左側の屋根から放たれた矢が、敵の数を減らしていく。

片側だけの攻撃なら、さほど脅威には感じられなかった。

敵はあきらめたのか、やがて、大屋根からすがたを消した。

妙なのは、小路があまりに静かなことだ。

耳を澄ませても、風の音しか聞こえない。

さすがに、大屋根に乗られた家の者は異変に気づいたであろうが、頑《かたく》なに戸を閉めたまま外へは誰ひとり出てこなかった。

だが、蔵人介は感じている。

左側の大屋根には、何者かの気配がわだかまっていた。

卯三郎もそれと察し、身を低くして身構える。

芝居の幕が開くかのように、叢雲《むらくも》が左右に分かれていった。

大きな満月を背にしているのは、鬼虎魚《おにおこぜ》に似た異形《いぎょう》の人物である。

「出牛屋銀兵衛か」

呼びかけても応じない。

「耳のある者は聞け……」

夜空に両手をひろげ、鬼虎魚は朗々と声を張りあげた。

「……ひと粒の麦が地に落ちて死ねば多くの実を結ぶ。永遠の命が欲しくばおのれの命を憎むがよい。主に仕えたき者はみな、おのれの命を惜しんではならぬ。ぬは、耳のある者は聞くがよい。偉大なる使徒の伝えしエヴァンゲリオンを」

邪教の呪文であろうか。

蔵人介にもよくわからない。

ただ、耳にするかぎり、殉死《じゅんし》や殉教を是《ぜ》とする内容におもわれた。

出牛屋のことばに誘われたかのように、小路の前後に人影があらわれた。

ひとりがふたりになり、すぐさま、大勢の人影が一斉に湧きあがってくる。

すべての者が禿頭で、杖をついていた。

座頭たちなのだ。

「金返せ。返さぬやつは命と引換えじゃ」

みなが同じ台詞《せりふ》を念仏のように唱え、前後から波のように押しよせてくる。

活路を見出すには、座頭の波を掻《か》き分けて突進するしかない。

「卯三郎、まいるぞ」

「はっ」

ふたりは地を蹴り、すぐさま、左右にわかれた。

前方の座頭が、ぱっと目を見開く。

と同時に、白刃を抜いた。

「死ねい」

座頭たちはつぎつぎに目を見開き、杖に仕立てた刀を抜きはなつ。

「刺客か」

刺客が刺客を狩るのである。

――ばすっ。

左腕に浅傷《あさで》を負いながらも、蔵人介は座頭の首を飛ばした。

「ぐわっ」

低い姿勢から脇胴を抜き、前だけをみて駆けつづける。

偽の座頭を何人斬ったかもわからない。

満身創痍《まんしんそうい》となり、どうにか大路へ躍りでた。

振りかえっても、卯三郎はいない。

臍《ほぞ》を咬《か》んだそのとき、前方から声が掛かった。

「養父上、ご無事ですか」

卯三郎だ。

片袖がちぎれ、腕から血を流している。

座頭たちは追ってこない。

潮が引くように、堀留のほうへ去っていった。

蔵人介は卯三郎のそばに近づき、裂いた布で傷口を縛りつけてやる。

「養父上、急ぎましょう」

駆ける気力も失いつつあったが、重臣ふたりの乗る駕籠を駿河台まで追っていかねばならない。

「よし、まいろう」

ふたりは必死に駆けた。

室町から十間店《じっけんだな》へ、さらに、竜閑川《りゅうかん》を越えて神田の元乗物町《もとのりものちょう》、鍛冶町《かじちょう》、鍋町《なべちょう》、通新石町《とおりしんこくちょう》、須田町《すだちょう》と駆けぬけ、筋違御門《すじかい》前の八辻原《やつじがはら》までたどりついた。

神田川の土手道を仰げば、血の色をした満月がある。
これみよがしに、二挺の駕籠が並んで置いてあった。
蔵人介は卯三郎と顔を見合わせ、土手道を駆けのぼる。
周囲に目を凝らしても、人影はひとつもない。
駕籠脇に近づくと、微かに異臭が漂ってきた。
蔵人介は垂れを摑み、えいとばかりに捲りあげる。
「うっ」
座っていたのは、勘定奉行の神林源之丞にちがいない。
腹に脇差の先端を刺し、かっと目を瞠《みは》って死んでいた。
卯三郎も身を寄せ、もう一挺の垂れを捲りあげる。
勘定吟味役の篠山外記も、切腹の体《てい》で死んでいた。
「やられたな」
口封じであろうか。
残忍な手法で、果たし状を突きつけられたかのようでもある。
「出牛屋銀兵衛め」
おもった以上に手強《てごわ》い相手だ。

ただし、ひとつだけ、はっきりしたことがあった。
鬼役を脅威と考える者が、やはり、出牛屋の背後に控えているのだろう。
「そやつを炙りだすまで、この役目を終えるわけにはいかぬ」
蔵人介のことばに、卯三郎は厳しい顔でうなずいた。
ひょうと、土手に疾風が吹きぬけていく。
赤い月は叢雲《むらくも》に隠れ、辺りは漆黒の闇に変わった。

転びの血

一

端午《たんご》の節句には武運長久《ぶうんちょうきゅう》を願い、武家は門口に菖蒲《しょうぶ》を飾る。

番町などでは白い卯《う》の花が除かれ、紫の菖蒲で溢れる光景は見応えがあった。

麴町や室町や十間店では金銀の箔《はく》を貼った菖蒲刀《しょうぶがたな》や飾り鎧兜《よろいかぶと》が売られ、男の子の親たちは邪気払いにかならずこれを求めていく。

千代田の城中でも、公方家慶に拝賀すべく登城した諸侯諸役《しょこうしょやく》に粽《ちまき》と柏餅《かしわもち》が配られた。

粽は長さ一尺の串に米粉《こめこ》を付け、蓬《よもぎ》の葉で包んで蒸す。食すときは蓬の葉を除き、砂糖につける。一方、柏餅は米粉を練って丸い扁平《へんぺい》にし、ふたつ折りにしたあとに小豆《あずき》餡を挟む。　砂糖入りの味噌なども混ぜてあり、貰えば嬉しい縁起物にちがいない。

家慶に供される昼餉の御膳にも、粽と柏餅は並んでいる。

卯三郎は中奥の笹之間にあって、これらを毒味せねばならない。

身に纏う揃いの肩衣《かたぎぬ》と半袴《はんばかま》は縹《はなだ》色の地に笹蔓文《ささつるぶみ》が象《かたど》られ、熨斗目《のしめ》のついた中着は甕覗《かめのぞき》と呼ばれる淡い青色で合わせていた。

――毒味役は毒を喰《くろ》うてこそのお役目。　河豚《ふぐ》毒に毒草に毒茸《きのこ》、なんでもござれ。死なば本望《ほんもう》と心得よ。

胸中に唱えたのは、鬼役の心構えであろう。

毒味御用の際、縁起担ぎでかならず唱える。

差しむかいで座るのは子だくさんの逸見鍋五郎《はやみなべごろう》、蔵人介の相番《あいばん》も務めたことのある癖の強い男だ。

襖が音も無く開かれ、御納戸の御膳方が燗《かん》にした菖蒲酒を運んでくる。

しかも、かたわらに座り、銚釐《ちろり》から銀の盃に一杯目を注いでくれた。

卯三郎は盃を取り、菖蒲酒を嘗める。

空気が張りつめた。

毒が少量でもふくまれていれば、銀の盃は黒ずむ。

どうやら、その兆候はない。

「いかがでござろう、悪鬼払いの酒のお味は」

逸見はいつもどおり、気楽な調子で尋ねてきた。

卯三郎はうなずきもせず、別の酒に取りかかる。

河内《かわち》の天野酒《あまのざけ》、奈良《なら》の僧坊酒《そうぼうしゅ》、摂津《せっつ》の伊丹《いたみ》酒、越前《えちぜん》の大野《おおの》酒、出雲《いずも》の杵築《きづき》酒、伊予《いよ》の道後《どうご》酒、豊前《ぶぜん》の小倉《こくら》酒、豊後《ぶんご》の麻地《あさじ》酒等々、献上酒がずらりと並んでいる。もちろん、家慶はすべて嗜《たしな》むわけではないが、鬼役は利《き》き酒の要領ですべてを毒味しなければならない。

ひととおり「利き酒」を済ませたあと、卯三郎は碧《あお》いギアマンの瓶から銀の盃にみずから保命酒《ほうめいしゅ》を注ぎ、少し嘗めただけで残りを空壺に捨てた。

備後鞆《びんごとも》産の保命酒は、老中首座の阿部伊勢守から献上された薬用酒である。地黄《じおう》、当帰《とうき》、梅花《ばいか》、茨《いばら》など十三種の生薬《しょうやく》に米と麹《こうじ》を加え、原酒に焼酎なども加味するらしいが、詳しい醸造方法は鞆の酒蔵において一子相伝《いっしそうでん》の門外不出とされていた。

冷え性や頻尿《ひんにょう》、かすみ目などにも効用があることから、近頃はかならず膳に並ぶ。

「さよう、伊勢守さまがご老中に昇進なされてからでござりますな。されど、上様はあまりお好きでないご様子」

大酒呑みの家慶は、薬用酒を好まない。それを知らぬ者はいないので、敢えて口にするまでもなかろう。小納戸《こなんど》頭取《とうどり》の今泉益勝《いまいずみますかつ》からも「口は災いの元じゃぞ」と何度か窘《たしな》められたにもかかわらず、逸見はいっこうに改めようとしない。そのうちに首を失うかもしれぬなと、卯三郎はおもった。

酒につづいて、一の膳が運ばれてくる。

汁は鯛《たい》のつみれ、向こう付けは鱸《すずき》の刺身に酢の物だ。鱚《きす》の膾《なます》は煎《い》り酒《ざけ》に酢や紫蘇《しそ》を加え、鮑《あわび》には下ろし大根を添える。煮物の鉢は鯛の擂《す》り身に塩鴨《しおがも》、めずらしいところでは風干《かざぼし》ほうぼうなどが並び、自然薯《じねんじょ》の土佐《とさ》煮、土筆《つくし》の麴《こうじ》漬け、芋茎《いもがら》と揚げの煮付けなども見受けられる。野菜はほかに、青山葵《あおわさび》、茄子の胡麻煮、かいわれ菜《な》、蚕豆《そらまめ》、夏蕪《なつかぶ》の輪切りなど。猪口《ちょく》では平目《ひらめ》の刺身や鯛の子の塩辛が供され、平皿には鱸の塩焼きも載せてあった。

ずらりと並べただけでも、品数の豊富さがわかる。

鬼役はこれらすべてを、手間を掛けずに毒味しなければならない。

料理は鬼役が毒味を済ませたのち、小納戸衆の手で炉《ろ》のある隣部屋へ運ばれる。

汁物は替え鍋で温めなおし、料理は椀や皿に盛りなおしたうえで梨子地金蒔絵《なしじきんまきえ》の懸《かけ》盤《ばん》に並べかえる。一の膳と二の膳、銀舎利《ぎんしゃり》の詰まったお櫃《ひつ》が用意され、公方の待つ御小座敷《おこざしき》へ運ばれるのだ。

笹之間は中奥の東端にあるので、西端の御小座敷まではかなり遠い。配膳方は長い廊下を足早に渡っていかねばならず、途中で懸盤を取りおとしでもしたら首が飛ぶ。滑って転んだ拍子に汁まみれとなり、味噌臭い首を抱いて帰宅せねばならぬのだ。

一の膳につづいて、二の膳が供された。

吸物は鱸の木の芽和《あ》え、平皿には鱚の塩焼きと付け焼きが並んでいる。置合《おきあ》わせは、定番の蒲鉾《かまぼこ》と玉子焼、お壺は鱲子《からすみ》である。式日《しきじつ》ゆえ、真鯛の尾頭《おかしら》付きも運ばれてきた。

逸見は乾いた唇《くち》を嘗める。

この男、鬼役のくせに、尾頭付きの骨取りをやったことがない。

というより、任せられないというのが正直なところだった。

文字どおり、鬼役の鬼門《きもん》である。

卯三郎は自前の竹箸を取りだし、懐紙《かいし》で鼻と口を軽く押さえた。

所作はすべて蔵人介に教わったものだ。鯛のかたちをくずさず、上手に骨を除かねばならない。技倆《ぎりよう》はもちろんだが、肝要《かんよう》なのは心構えだと教わった。何があっても心を乱さず、流れる水のごとく箸を動かすのである。

骨取りのあいだは、逸見もさすがに息を詰めている。

喋りかければ斬られるかもしれぬという恐怖すら感じるのだろう。

少なくとも、蔵人介の相番を務めたときは、何度か首を飛ばされたような錯覚を抱かされたという。

卯三郎は尾頭付きの骨取りと毒味を終え、ことりと箸を置いた。

置いた途端、胃の奥を錐《きり》で突かれたような激痛が走る。

「ぬぐっ」

額に脂汗《あぶらあせ》が滲《にじ》んできた。

歯を食いしばって耐えたが、真向かいの逸見にも異変は伝わっている。

「矢背どの、どうされた。もしや毒か、毒を啖うたのか」

逸見は立ちあがり、何か叫んでいる。

襖が開き、慌てふためいた小納戸衆が駆けこんできた。

そうした周囲の動きが、卯三郎の目には緩慢《かんまん》にみえる。

痛みのせいで感覚が萎《な》えているのだろうか。

「うっ」

胃袋の中身が迫りあがってくる。

「ぐえっ」

嘔吐《おうと》した。

堤が決壊したかのように、何度も嘔吐を繰りかえす。

涙目になった。

胃は激しく痙攣《けいれん》している。

畳に爪を立て、全身の震えを止めようとした。

烏頭毒《うずどく》のたぐいであろうか。

毒が盛られていたとすれば、どの料理なのか。

蔵人介であれば、たちどころに見抜いていただろう。

くそっ、わからぬ。

修行が足りぬということか。

臍《ほぞ》を咬んだのも束の間、黄色い胃液を吐いた。

胆汁《たんじゅう》の苦味が口にひろがる。

意識はまだあるが、どうすることもできない。

「触れるな。吉原の遊廓では得体《えたい》の知れぬ疫病が流行ったと聞いた。疫病かもしれぬゆえ、鬼役に触れるな」

叫んでいるのは、小納戸頭取の今泉であろう。

部屋に飛びこんでくるなり、周囲の者たちを遠ざけた。

保身に長《た》けた小心者《しょうしんもの》にしては、的確な判断と褒《ほ》めてやりたい。

疫病だとすれば、虎狼痢《コロリ》であろうか。

「……て、鐵太郎」

義弟に助けを求めた。

すでに、意識は混濁《こんだく》しつつある。

されど、死の淵でも人は存外に冷静でいられるらしい。

――ねぎ、にら、らっきょう、さやえんどう、ひじき、このしろ、さんま、いわし、まぐろ、なまず、どじょう、かき、あさり、赤貝……。

頭に浮かんでくるのは、公方に供してはならぬ食べ物であろうか。

突如、視界が閉ざされる。

平蜘蛛《ひらぐも》のように這《は》いつくばったまま、卯三郎は気を失っていた。

二

中奥の異変は表向《おもてむき》にも伝わった。

「矢背さま、一大事にござります」

御納戸口脇の控え部屋に駆けこんできたのは、部屋坊主の宗竹《そうちく》である。

表と中奥を自在に出入りできる同朋《どうぼう》坊主のなかで、部屋坊主は老中や若年寄《わかどしより》の世話をする。つるんとした平目顔の宗竹は、蔵人介が隠居もせずに表向へ出仕しているのを奇妙におもっており、時折、顔を出しては探りを入れてきた。

「ご子息が毒を」

「死んだのか」

あくまでも平静を装い、蔵人介は質《ただ》す。

「死んではおりませぬ。されど、御鳥屋《おとや》のほうへ移されました」

卯三郎は本丸から戸板に乗せて運びだされ、二ノ丸北二重櫓外の御鳥屋に移された。

つまり、誰も寄せつけぬように隔離されたことになる。

「吉原の遊廓で流行った疫病ではないかとの噂もございます」

だとすれば、もっとも恐れていたことが勃こったことになる。札差の出牛屋は半月前から消息を絶っていた。市中の何処かに虎狼痢の種をばらまくかもしれぬと警戒していたのだが、まさか城中にはばらまくまいと決めつけていた。

もちろん、今の時点で虎狼痢と決めつけるのは拙速《せっそく》であろう。遊廓で虎狼痢の症状をみせた者たちはみな、発症までに一日の猶予があったからだ。

情況から推して、鳥頭のごとき即応性の毒を盛られた公算が大きい。

いずれにしろ、公方家慶は急ぎ御座所《ござしょ》を大奥へ移し、中奥では御膳所を中心に徹底した調べがおこなわれている最中だという。されど、虎狼痢のごとき疫病の蔓延《まんえん》が疑われるようなら、発生源はまず突きとめられまい。少なくとも、疫病をよく知る者でなければ、調べようもなかろう。

蔵人介は落ちついた口調で言った。

「すまぬが、わしの家へ使いを送ってくれ。息子の鐵太郎に仔細《しさい》を告げ、御鳥屋に来るように伝えるのだ」

遊廓の感染がようやく収束し、鐵太郎は家に戻っていた。一方、多喜は遊廓に留まっているようだが、鐵太郎に伝われば、すぐに使いを出すであろう。

宗竹は狡猾《こうかつ》そうな笑みを浮かべた。

「高くつきますぞ」

「かまわぬ」

「かしこまりました。矢背さまは、どうなされる」

「伊勢守さまは何処か」

「えっ」

「何処かと聞いておる」

「上御用部屋《かみのごようべや》におられます」

「されば、そちらへまいる」

幕政を司る老中首座に直談判し、鐵太郎に疫病退治の指揮を執《と》らせるべく願いでようとおもったのだ。

「上御用部屋におもむいて直訴するなど、どう考えても無謀にござりましょう」

だいいち、老中とでは身分がちがいすぎる。

誰もがそう考えるだろうが、今は一刻の猶予もない。

蔵人介は立ちあがり、騒がしい廊下へ一歩踏みだした。

大廊下を渡って焼火之間《たきびのま》にいたり、桔梗《ききょう》之間脇の入側《いりかわ》から口奥《くちおく》へ向かう。口奥は中奥とを結ぶ通用口で、左隣に奥右筆《おくゆうひつ》部屋があり、その奥に若年寄が執務をおこなう次《つぎの》御用部屋と老中たちが合議をおこなう上御用部屋が並んでいた。

上御用部屋へ達するには、奥右筆部屋を通りぬけていかねばならない。

いつもは厳《おごそ》かな雰囲気の奥右筆部屋には、多くの役人たちが出入りしている。

阿部の指図を仰ごうとする者もあれば、呼ばれて馳せ参じた者もあるようで、なかには坊主頭の奥医師《おくいし》らしき者たちのすがたもあった。

これならば行けると判断し、蔵人介は気配を殺して奥右筆部屋を突っきる。

おもったとおり、咎《とが》める者とてなかった。

名乗りもせずに襖を開け、音も起《た》てずに上御用部屋に忍びこんだ。

ほかの老中はおらず、衝立《ついたて》の向こうで誰かがひそひそ喋っている。

阿部伊勢守にちがいない。

「はっ、承知いたしました」

役人がひとり立ちあがり、衝立から飛びだしてきた。

面が紅潮している。おおかた、密命でも授かったのだろう。

蔵人介は衝立のそばまで近づき、こほっと空咳を放った。

誰かが顔を覗かせる。

南町奉行の遠山であった。

おやという顔をしながらも、手招きをする。

蔵人介は衝立の内側にまわり、畳に両手をついた。

「誰かとおもえば、鬼役ではないか」

「元鬼役にございます」

阿部が呆れたような顔をする。

裏の御用を授かるべき者が、のこのこやってくるような場所ではない。

「お叱りを覚悟でまいりました」

「直々の願いか」

「はっ」

「詮方《せんかた》あるまい。毒を啖うたのは、おぬしの子息らしいからな。それで」

阿部のかたわらには、遠山のほかに坊主頭の人物が座っている。

中奥で何度も見掛けたことがあった。

名は胡桃沢《くるみざわ》伴睦《ばんぼく》、公方の脈を取る奥医師の筆頭であり、漢方医の総本山として知られる医学館《いがくかん》の副主宰《ふくしゅさい》に任じられた大物でもあった。

阿部がふくよかな頬を近づけてくる。

「毒のことでご足労いただいたのだ。御殿医《ごてんい》のまえでは言い辛いことか」

「いいえ」

「ならば、手短に申せ」

「はっ。鬼役は鳥頭のごとき即応の毒を盛られたにちがいございませぬ。されど、こののち、疫病の発症をお疑いならば、御膳所に出入りした者たちはみな、ひとつところに留めおくように。少なくとも一両日、明日の夕刻までは御膳所を離れてはならぬとお命じください。食べ物をとってはならず、呑み物も控えさせねばなりませぬ。はばかりもひとつに定め、他の者に使わせぬようにいたさねばなりませぬ」

「すでに、相応の指図は出したが、それでは足りぬということか。よし」

阿部は側近を呼びよせ、蔵人介の言った内容を徹底させるようにと命じた。

「かたじけのう存じまする」

「ふむ、ほかには」

「疫病の対応に詳しい蘭方医がふたりおります。先月、吉原遊廓で発症した虎狼痢の患者を治療した者たちにござりますれば、役に立つかと存じまする」

「ほう、その者らを中奥に差し招くのが肝要《かんよう》と申すか」

「御意《ぎょい》にござります」

すかさず、伴睦が口を挟む。

「伊勢守さま、何処の馬の骨とも知れぬ蘭方医なんぞを城中に入れるわけにはまいりますまい。疫病の疑いも今は風聞にすぎませぬ。ここはわたくしにお任せを」

蔵人介はめずらしく、棘《とげ》のある声で抗った。

「そのお考えが仇《あだ》となるやもしれませぬ。事は一刻を争います。それがしはこの目で虎狼痢の恐ろしさをみておりますのです。みたうえで申しあげておるのです。伊勢守さま、どうか、お願い申しあげまする」

「ふうむ。どういたすかのう」

すかさず、遠山が助け船を出してくれた。

「ここはひとつ、矢背蔵人介に賭けてみてはいかがでしょう。まんがいち、うまくいかねば、この者に責を負わせればよいのでござる」

「わかった」

阿部がうなずくと、伴睦はこめかみに青筋を立てた。

だが、文句は言ってこない。

蔵人介は平伏《ひれふ》し、くっと顎をあげる。

「もうひとつ、申しあげておくべきことが」

「何じゃ」

「蘭方医のひとりは、おなごにござります」

「何だと」

声を裏返したのは、伴睦である。

「おなごの蘭方医など、役に立つまい。どうせ、子堕《お》ろしの中条医《ちゅうじょうい》と同様の似非《えせ》医者であろうが」

「いいえ。その蘭方医こそ、疫病にもっとも詳しい医者にござります。それゆえ、枉《ま》げて登城のお許しをお願い申しあげまする」

阿部は眉を寄せて唸《うな》る。

みかねた遠山が代替え案を口にした。

「おなごは中奥への出入りを禁じられております。されど、御鳥屋ならばよろしゅうござりましょう。大事な申しおくりがあれば、小坊主どもに行き来させればよいのでござる」

「ふむ、そういたせ」

阿部の許しは得られた。

蔵人介が畳に額《ぬか》ずくと、伴睦が刺すような眼差しを向けてくる。

この際、権威ばかりを重んじる漢方医の顔色など窺ってはいられない。

あとは御鳥屋へおもむき、鐵太郎と多喜が来るのを待てばよいのだ。

ふたりが来るまでは、できるだけ卯三郎の看病をしてやろう。

何をさておいても毒を抜き、虎狼痢の症状をみせたならば、根気よく水分を補給させてやらねばならぬ。

「待っておれ、卯三郎」

蔵人介は、だいじな養子の名を口ずさむ。

御納戸口から外へ出ると、裃《かみしも》を脱いで半駆けになり、御鳥屋までの近道となる汐見《しおみ》太鼓櫓をめざした。

三

卯三郎に盛られた毒は毒芹《どくせり》のようだった。烏頭と同様の症状をしめす即応性の高い毒だが、小匙《こさじ》一杯に満たない少量なら命まで失うことはない。

半日ほどすると卯三郎の容態は安定し、蔵人介はほっとひと息ついた。

「おそらく、山葵《わさび》か何かに練りこまれていたのであろう」

長年の経験から、蔵人介は見抜いていた。

駆けつけた鐵太郎も、同様の考えだった。

「烏頭ならば危ういところでした」

どっちにしろ、御膳所のなかに下手人が紛れこんでいたとも推察できる。

賄《まかな》いや配膳に関わる者たちを御膳所に留めおいたのは、下手人をみつけるためでもあった。

「一両日は様子をみねばなりませぬな」

鐵太郎の狙いはわかっている。

明日の夕刻になって疫病の症状をみせる者があれば、その者の動向から感染源を特定できるかもしれない。感染源となる物から下手人にたどりつける公算は大きいと読んでいた。

もちろん、患者が出ぬに越したことはないが、蔵人介はこれで終わりになるとはおもっていない。

やはり、出牛屋銀兵衛のことが頭にあるからだ。

「敵の狙いは何なのだ」

毒を盛ったとすれば、公方と鬼役のうち、どちらの命を狙ったのか。

そもそも、命を奪おうとしたのだろうか。それとも、城中に騒ぎを起こすためにやったことなのか。騒ぎを起こすとすれば、やはり、虎狼痢の威力をみせつけようとするのではあるまいか。

いずれにしろ、初《しょ》っ端《ぱな》に卯三郎が狙われたとすれば、蔵人介は自分への警告と受けとめざるを得なかった。

さまざまに思案していると、多喜が御鳥屋にやってきた。

鐵太郎は嬉しそうに出迎えたが、会釈をしただけでにこりともしない。

多喜の置かれた情況を考えれば、暗い気持ちになるのも致し方なかろう。

四つの子を何者かに奪われているにもかかわらず、仁の精神を尊ぶ医者の矜持《きょうじ》から、浅草溜で傷病人の手当てに勤しんでいるのだ。

鐵太郎によれば、男の子の名は「仁《じん》」というらしい。

それひとつ取っても、多喜の医術にかける強い信念を窺い知ることができよう。

「命に替えても、仁を取りもどさねばなりませぬ」

それは鐵太郎の偽らざる心境にほかならなかった。

蔵人介は是が非でも、ふたりの望みをかなえてやりたい。

その日は御鳥屋に泊まり、一睡もせずに卯三郎の看病をつづけた。

翌日は朝から本降りの雨となった。

午後になり、卯三郎の容態が急変した。

からだを硬直させ、下痢の症状をみせる。

水っぽい灰白色の便は独特の甘さをふくんでおり、虎狼痢に感染しているのはまちがいなかった。

一方、御膳所のほうでも、同様の症状をみせる者がふたりあらわれた。

いずれも若い庖丁方で、昨日昼餉の支度を済ませたあと、笹之間から戻された献上酒をそっと盗み酒したのだという。

ふたりは聞き取りの直後に症状を急変させ、戸板で御鳥屋へ運ばれてきた。

残った者たちは夜まで様子を眺め、鐵太郎の看立《みたて》を受けたのち、何もなければ家に戻ってよいものとされた。

御鳥屋での治療は多喜に任せ、蔵人介と鐵太郎は御膳所内の調べをおこなった。

阿部伊勢守から指図してもらったとおり、食材も調理道具も片付けられていない。

留まるように命じられた者は五十人余りもあったが、みな、借りてきた猫のようにおとなしくしていた。疫病が蔓延するかもしれぬと聞いても、けっして乱れることはなく、歯を食いしばって耐えている。

「偉いな」

蔵人介は褒めてやりたくなった。

みなを安心させるためにも、下手人捜しを急がねばならない。

鐵太郎はいつの間に持ちこんでいたのか、かなり大きな籐籠《とうかご》を携えてきた。

「吾助に頼んで、商家の蔵で捕まえさせたのです」

籐籠には、鼠が数匹入れてある。

どうやら、鼠に酒を嘗めさせ、虎狼痢の感染源かどうかを確かめるつもりらしい。

ずらりと並んだ献上酒のなかで、庖丁方が呑んだとされるのは下り酒のなかでも特上とされる灘《なだ》の銘酒だった。卯三郎も「利き酒」をやった酒である。

鐵太郎は布に包んだ手でその徳利《とっくり》に触れ、中身を少し小皿に移して水で薄める。

その小皿を四角い箱の片隅に置き、籐籠から取りだした二匹の鼠を箱に入れた。

上から覗いてみると、鼠たちは勢いよく走りまわり、さっそく小皿に口を付ける。

しばらく様子を眺めていると、二匹とも蹌踉《よろ》めきながら転び、激しく嘔吐を繰りかえしたあげく、ぴくりとも動かなくなった。

尻から出た便液の臭いを嗅げば、たちどころに虎狼痢であることが判明する。

「父上、まちがいありませぬ」

「よし、御広敷の忍びどもに命じて、できるだけ多くの鼠を捕まえてこさせよう」

とりあえず、すべての献上酒を調べてみなければなるまい。さらに、目付筋にも依頼し、献上酒を持ちこんだ出入り商人の特定を急がせねばならなかった。

辺りが暗くなると、症状の出なかった者は手をよく洗ったうえで帰宅を許された。

小納戸頭取の今泉があらわれ、すべての者に箝口令《かんこうれい》を敷いたが、おそらく、守られることはなかろう。明日になれば江戸じゅうは、城中に得体の知れぬ疫病が蔓延したという噂で持ちきりになるはずだ。

「困りましたね」

「困るのは幕府だ。城中の騒ぎは収まっても、風評《ふうひょう》は瞬く間に府内を席捲《せっけん》するにちがいない」

混乱の矢面《やおもて》に立たされるのは、町奉行の遠山であろう。

「義兄上《あにうえ》を入れて、患者は三人にござります」

卯三郎が毒芹を啖《くら》ったことで周囲が警戒し、大きな被害にならずに済んだとも言えよう。

「ひょっとしたら、それが敵の狙いだったのかもしれませぬ」

小さな被害でも、大きな効果をもたらす。今の情況は、つぎは本気でやるぞという脅しを重臣たちの喉元に突きつけているのといっしょだった。

「狡猾な連中だな」

ただし、敵の正体も真の目的も今は判然としない。

単なる恨みで徳川幕府を潰したいのであれば、城中に隈無《くまな》く虎狼痢の種をばらまけばよかろう。

幕府を存続させたうえで自在に操りたいのだと、蔵人介は敵の思惑を推しはかった。

日付が変わると、江戸市中に流言飛語《りゅうげんひご》が飛び交いはじめた。

宮仕えの役人が百人も感染したらしいとか、なかには、公方も疫病に侵されて死にかけているといった虚言まであった。

一方、下手人の探索のほうは、献上酒を納入した御用達《ごようたし》の酒屋で途絶えてしまった。酒屋の主人や使用人に怪しい者はおらず、御膳所に運ばれたあとで何者かが徳利に入れた公算が大きくなった。おそらく、同じ者が毒芹も仕込んだにちがいない。

御膳所の連中を家に戻すとき、蔵人介も立ちあってひとりずつ様子を窺った。

怪しい者はひとりもおらず、外部の者の出入りを目にした者もいなかった。

丸三日が経過しても、卯三郎の容態は改善しなかった。

市中では誰もが生の食べ物を避けるようになり、魚河岸の売上げは激減した。

夜になれば居酒屋で酔った連中が疫病への不安から暴れまわり、咳をしただけで斬られる者まであらわれた。刃傷沙汰《にんじようざた》や打ち毀《こわ》しが頻発し、騒ぎが起こるたびに捕り方を動員せねばならず、治安を司《つかさど》る遠山は悲鳴をあげた。

そうしたなか、本石町《ほんこくちよう》の『長崎屋』に逗留《とうりゆう》していた和蘭陀商館長《カピタン》にたいし、幕府から呼びだしが掛かった。

「得体の知れぬ疫病についてご意見を賜《たまわ》りたい」

公方への公式な拝賀は、先月の二十日前後に済ませている。阿部伊勢守による非公式の呼びだしに応じ、商館長のピーテル・アルバート・ビックが医官と通詞《つうじ》を連れて登城した。

卯三郎が毒を啖ってから五日目のことである。

会見場所は大広間や白《しろ》書院ではなく、医者之間と表《おもて》坊主部屋に挟まれた蘇鉄《そてつ》之間が選ばれた。諸藩の留守居役《るすいやく》が詰める部屋であり、ずいぶん格下のあつかいだが、カピタンも緊急事態とわきまえており、表向きは機嫌を損ねていないようだった。

上座には阿部伊勢守以下の老中と若年寄がずらりと並び、典薬頭《てんやくのかみ》を筆頭に奥医師たちも列席していた。まるで、権威の屏風《びようぶ》が立てまわされたかのような座敷の末席に、蔵人介と鐵太郎は同席を許されたのである。

何しろ、虎狼痢にもっとも詳しいのは「何処の馬の骨とも知れぬ蘭方医」なのだ。

鐵太郎を嘲《あざけ》った胡桃沢伴睦も、憮然《ぶぜん》とした表情で上座に近いほうの席に座っていた。

四

型どおりの挨拶もそこそこに、阿部伊勢守の「虎狼痢を知っておられるか」という問いにたいして、カピタンはゆっくりうなずいた。

カピタンのことばを淀みなく訳すのは、長崎出身の西島荘八《にしじまそうはち》という通詞である。

「その疫病を、エウロッパではコレラと呼んでおります。今から二十年ほどまえの文政期《ぶんせいき》に、コレラは対馬《つしま》と下関《しものせき》を経由して西国一帯や京大坂、尾張《おわり》から遠江《とおとうみ》や駿河へも達しました。死者は十万人を超えたとも聞いております。直前にはジャワでも流行がみとめられ、その頃に千代田城へ参上したカピタンのブロンホフは蘭方医《らんぽうい》の宇田川玄真《うだがわげんしん》にジャワの惨状を伝えたとの記録もござります」

宇田川玄真は緒方洪庵の師匠である。蘭方医では頂点を極めたほどの人物ゆえ、登城して幕閣の中枢《ちゅうすう》に「コレラ」の惨状を伝えないはずはなかろう。だが、当時の流行は箱根を越えなかったこともあり、幕府のなかでは重要視されなかった。もしかしたら、蘭方医の注進は権威ある漢方医たちによって黙殺されたのかもしれぬと、蔵人介は推察した。

阿部は重い溜息を吐いた。

二十年前に黙殺したことのつけが、今になってまわってきたとおもったのだろう。

阿部とカピタンのあいだで、しばらくやりとりがつづいた。

「そもそも、何処《どこ》で発生したのか」

「天竺《てんじく》に流れる大河の流域と考えられております。土地に根付いた風土病《ふうどびょう》であったものが、五年ほどかけて広大な地域に流行しました。一度は下火になったものの、数年後にはふたたび火が付き、十年近くもエウロッパ全土を席捲したあげく、今から八年ほどまえにようやく収束をみました。天竺もふくめますと、死者の数は一千万人とも言われております。こたびはおそらく、燠火《おきび》のように燃えつづけていたものが、何処からか飛び火したのでござりましょう」

カピタンによれば、欧州で呼ばれている「コレラ」の語源は「胆汁《たんじゅう》」や「憂鬱《ゆううつ》」であるという。緒方洪庵ら日本の蘭方医が文献のなかに「コレラ」の記述をみつけ、似たような発音の「虎狼痢」に転じてみせたのだ。

今はまだ江戸市中で「虎狼痢」と呼ぶ者はおらず、菌の名を知る者もいない。瓦版《かわらばん》のなかには「人喰い虫」などと記されているものもあった。疱瘡《ほうそう》などとちがって、正体を知らぬがゆえに恐ろしいのである。

「城中はいかような情況にござりましょう」

逆しまに、カピタンが問いを発した。

阿部に発言を促されたのは、末席の敷居際に座る鐵太郎である。

カピタンらは、わざわざ振りむかねばならなかった。

「感染した者は三名、症状は重く、快復の兆しはみせておりませぬ」

鐵太郎は一礼し、堂々と応じてみせる。

カピタンは早口で蘭語を喋り、通詞が即座に訳した。

「どのような手当てをされておられるのか」

「はっ、適量の砂糖と塩を混ぜた白湯《さゆ》を経口《けいこう》させておりますが、二股針で皮下の脈に注入する方法も併用しております」

二股針の使用は多喜の助言による。

鐵太郎は蘭語を会得《えとく》しているので、通詞なしでも問いが理解できた。

応答の速さと的確さから、相手にもそれとなくわかったらしい。

「貴殿は蘭方医か」

「はっ」

「すばらしい。コレラの手当てとしては完璧でござろう」

ここで、上座から胡桃沢伴睦が口を挟む。

「芳香酸《ほうこうさん》と芥子泥《かいしでい》を用いるのがよいとも聞いたが、いかがであろうか」

応じたのは、医官のフィッセルであった。

すぐさま、西島が訳してみせる。

「さようなやり方は、聞いたことがござりませぬ。おそらく、まやかしのたぐいでござりましょう」

幕府お抱えの漢方医は何かと権威を振りかざす。和蘭陀の医官を目の敵《かたき》にしているのがわかるからか、フィッセルのことばには棘《とげ》があった。

伴睦は面目を失い、不機嫌な顔で黙りこむ。

だが、重臣たちにしてみれば、漢方医であろうが蘭方医であろうが関わりない。喫緊《きっきん》の課題は得体の知れない疫病をどうやって抑えこむかにあった。

カピタンは言う。

「今のところ、コレラを退治する妙薬《みようやく》はみつかっておりませぬ。治癒《ちゆ》できるかどうかは本人の生命力次第にござります。ただ、感染した者を手当てせずに放置しておけば、まずまちがいなく、生きのびることはできますまい」

蘇鉄之間のやりとりでわかったのは、虎狼痢が途轍《とてつ》もなく恐ろしい疫病だということだ。そのことを重臣たちみなで確認できただけでも大いに意味はあったと、蔵人介はおもった。

無知を露呈した伴睦は苦虫《にがむし》を嚙みつぶしたような顔をしていたが、そのことを気に掛ける重臣はいなかった。今日のことで殿中の奥医師たちは態度を硬化させ、今までよりいっそう堅固《けんご》な壁となって立ちはだかるかもしれない。そうならぬようにと祈るしかなかろう。

医官のフィッセルが患者を診たいと申しでてくれたので、阿部の許しを得たうえで御鳥屋へ案内することとなった。

ところが、フィッセルは御鳥屋に一歩踏みこむなり、ぎょっとして身を固めた。

多喜のすがたを目に留めたのだ。

「……ど、どうして、貴女《あなた》が江戸に」

以前からの知りあいらしい。

多喜は「わたしのことよりも患者を診て」と蘭語で言い、フィッセルも医者の顔に戻って卯三郎のもとへ向かう。

容態を診るなり、顔を曇らせた。

いまだ、予断を許さぬ情況であることにかわりなく、水分を与えつづける以外に手の施しようがない。

鐵太郎は多喜にフィッセルとの関わりを質したいものの、口に出せぬもどかしさを感じているようだった。患者のもとを離れられず、多喜といっしょに出口で見送るしかなかったのである。

蔵人介は先導役になり、平川門《ひらかわ》のほうまで医官と通詞を導いていった。

「蘇鉄之間におられましたな」

通詞の西島が、後ろから喋りかけてくる。

「蘭方医の矢背鐵太郎どのとは、どういう」

「父親にござります」

「なるほど、お父上も蘭方医であられますか」

「いいえ。それがしは毒味役でござりました」

「毒味役とは上様の」

「はい。さきほど医官どのに診ていただいた毒味役も、それがしの息子にござります」

「それはそれは」

「あの、ひとつ伺っても」

「何でしょう」

西島が足を止めても、フィッセルはさきに行かずに待っていてくれた。

「医官どのは、多喜どのとはどういう」

「フィッセルさまのお師匠が、多喜さまのお養父上《ちちうえ》なのです。おふたりは兄弟弟子ということになりましょう」

「なるほど、そうでしたか」

「フィッセルさまは、多喜さまのご事情をよくご存じです」

「ご事情とは」

「立ち話で申しあげることではありませぬが、多喜さまを苦しめた藩医が立身出世《りっしんしゅっせ》を果たしておりました。何の因果《いんが》かその相手と蘇鉄之間でまみえるとは、フィッセルさまも想像だにされなかったことでしょう」

「立ち入ったことを伺いますが、もしやその藩医は多喜どのに不義をはたらいたという相手でしょうか」

「いかにも。さきほど、カピタンへの問いを口にした人物にございます」

まさか、胡桃沢伴睦であったのか。

さすがの蔵人介も動揺を禁じ得ない。

西島が声をひそめた。

「多喜さまとお親しいお方ゆえ、おはなしいたしました。くれぐれも、ここだけのおはなしに」

歩きだした西島を、蔵人介は呼びとめた。

「お待ちを。エヴァンゲリオンとは何ですか」

「エヴァンゲリオン、それはイエス・キリストの使徒たちが著した、ありがたい神の教えです」

「ひと粒の麦が地に落ちて死ねば多くの実を結ぶ。この教えは」

「殉教を是とする聖ヨハネの教えかと」

「ならば、転び切支丹について伺いたい」

「それは、多喜さまのご実父との関わりでしょうか」

「いいえ。じつは、虎狼痢騒ぎを引きおこしたと疑わしき者がおります。その者が聖ヨハネのエヴァンゲリオンを口ずさんだのでござる」

出牛屋銀兵衛との経緯をかいつまんで説くと、フィッセルが身を寄せてきた。

そして、たどたどしい日本語で喋りはじめる。

「幕初の頃、切支丹《キリシタン》たちは俵に押し込めて首だけを出す俵責めによって、宗門改《しゅうもんあらため》の役人に棄教《ききょう》を迫られました。たとえば、イエズス会の司祭《しさい》などはほとんど殉教いたしましたが、なかには苦しみから逃れるために棄教した者もあった。その際、デウスやマリアの肖像に唾を吐いた者を転び切支丹と呼んだのです」

過酷な責め苦によって「転び切支丹」となった信者たちは「切支丹類族帳」に記載されて六代ののちまで監視され、亡くなった際は切支丹に禁じられている火葬を義務づけられたという。

「されど、なかには転んだとみせかけて人里離れた岩屋に住み、幕府の転覆を目論《もくろ》む者たちもあらわれた。たとえば、さきほど伺った出牛《でうし》の者たちなどは、まさにそのたぐいかもしれない」

秩父の奥にある出牛が叛逆者《はんぎやくしや》たちの巣窟《そうくつ》かもしれぬと、フィッセルは声をひそめる。

「親しい司祭から聞いたことがあります。そもそも、岩屋に隠れて暮らす者たちはデウスやキリストへの信仰が希薄で、古代ヒッタイトの血を受けつぐ者たちだと」

「古代ヒッタイト」

「鉄を神のごとく奉じる砂漠の民にござる」

今から数千年前に地中海北東岸の広大な地域で隆盛《りゅうせい》を誇り、空から降ってきた巨岩から鉄の武器を造ったという伝説もあるらしい。

「何故、かようなはなしをするのか、さぞやお疑いでしょうな。されど、理由がござります。さきほどの司祭によれば、出牛峠《じゅうしとうげ》の岩屋には銀色に光る巨大な塔が建っているのだそうです」

「銀色の塔」

「何の塔かはわかりませぬ。それが力の源なのでござりましょう。塔のそばにはひとつ目の番人がおり、岩屋の連中は我が子でさえも生《い》け贄《にえ》に捧げるサタンの僕《しもべ》であるとも聞きましたが、真偽のほどはわかりませぬ。まんがいち、そやつらがコレラ菌を手に入れたとしたら、取り返しのつかぬことになるやも。この美しいジパングが消滅してしまうかもしれませぬ」

フィッセルは丁寧にお辞儀した。

「長い立ち話になってしまいました。多喜どのをどうか、よしなにお願いします」

蔵人介は深々と頭を垂れ、医官と通詞を見送った。

はなしが錯綜《さくそう》して混乱しかけているのは、この場で何もかも聞こうと焦ったからだろう。「出牛峠の岩屋」については真偽を疑うような内容ばかりだが、はなしてくれた相手が和蘭陀商館の医官だけに無視するわけにもいかぬ。

「ともあれ、頭を冷やして考えねば」

蔵人介は「不浄門」と呼ばれる平川門に背を向け、重い足取りで御鳥屋のほうへ戻っていった。

五

翌早朝、医師之間に近い厠の片隅で、鎌田曹玄《かまたそうげん》という番医師《ばんいし》の屍骸《むくろ》がみつかった。

「首を細紐《ほそひも》で絞められておりました」

蔵人介のもとへ告げにきたのは、公人朝夕人の土田伝蔵である。

城中への出入りを許された医者は、地位の高い者から世襲《せしゅう》の典薬頭、公方や御台所《みだいどころ》の脈を診る奥医師、表向の重臣たちを診る番医師、藩医で評判になると城に呼ばれる寄合《よりあい》医師とつづき、町医者で特に評判の高い小普請《こぶしん》医師も上位の身分に出世できるものとされていた。

医術におぼえのある者ならば誰でも町医者を名乗ることはできるので、上記のような区分がなされるようになったのだ。医者なら誰もが夢にまでみる奥医師になるには、技倆や知識や場数だけでは足りず、権威ある医学館の御墨付《おすみつき》を貰わねばならない。御墨付きを貰うには賄賂《まいない》を献納せねばならず、貧乏が身上《しんじょう》の蘭方医たちはなかなか上に行けなかった。

殺《あや》められた曹玄は漢方医で、番医師のなかではひときわ野心旺盛な人物として知られていた。常から「上様のお脈に触れたい」と口にし、上位の医師たちに媚《こ》びへつらう様子も露骨《ろこつ》に窺えたという。

伝蔵に指摘されるまでもなく、蔵人介は曹玄こそが山葵に毒芹を練りこみ、灘の献上酒に虎狼痢の粉を入れた下手人ではないかと疑った。本人の意思ではなく、何者かに指図されたのだ。出世という人参を鼻先にぶらさげられ、善悪の区別がつかなくなったのかもしれない。あげくのはてには口封じされた。それが筋ではなかろうか。

有力な証言を得る機会は、それから三日後に訪れた。

御鳥屋では卯三郎を除く庖丁方のふたりが快復の兆しをみせ、そのうちのひとりが問いに応じられるようになったのだ。

蔵人介はためしに、御膳所で怪しい者をみなかったか尋ねてみた。すると、庖丁方は坊主頭の医者らしき人物をみたと応じた。「何をしている」と声を掛けたが、聞こえぬふりをして去ったので、妙な気がしたのだという。

庖丁方は男の横顔をはっきりとおぼえており、曹玄の特徴と一致した。

下手人にまちがいあるまいと、蔵人介は判断したのである。

曹玄が取り入ろうとしていた人物を特定しなければならなかった。

伝蔵に探ってもらい、ほどなく、疑わしい人物が浮かびあがった。

誰あろう、奥医師の要《かなめ》と目される胡桃沢伴睦にほかならない。

公方家慶の脈や腹も触れれば、西ノ丸の継嗣《けいし》や身分の高い御殿女中らに薬も処方する。諸藩の殿さままでも、看立《みたて》を頼めば一度に多額の支出を覚悟せねばならない。それほどの大物がはたして、手下の医師を使って人倫《じんりん》に悖《もと》るおこないをするのであろうか。

「あり得ぬはなしか」

身の破滅と引換えに危うい企てを決行する理由がまったく浮かんでこない。

庖丁方の聞き取りに立ちあった鐵太郎も首をかしげたが、多喜だけはおもいつめた顔で黙りこんだ。

やはり、伴睦に深い恨みを抱いているのだろう。

心配になってそれとなく様子を窺っていると、夕刻になって、多喜は秘かに外へ出ていった。

裏の台所から、鉈《なた》が一本消えている。

「危ういな」

鐵太郎には黙って、蔵人介も御鳥屋をあとにした。

多喜が半駆けで向かったのは、半蔵門外の麴町一丁目である。

角の一等地に、伴睦の立派な屋敷が建っていた。

すでに陽は落ちて、辺りは薄暗くなりつつある。

行き交うひとびとの顔はわからず、話し声も聞こえてこない。

「逢魔刻《おうまがとき》か」

昼夜の判別がつき難いたそがれ頃、人は狂気の裂け目に落ちる瞬間があるという。

多喜は物陰に潜んだ。

しばらく待っていると、半蔵門のほうから宝仙寺《ほうせんじ》駕籠がのんびりやってくる。

多喜は頭を布で覆い、鼻と口も巧みに隠した。

「やるのか」

憎い相手に鉈で斬りつけるつもりなのだ。

少し離れた物陰で、蔵人介も飛びだす用意をととのえる。

密命に挑む際、たいていは武悪《ぶあく》の狂言《きょうげん》面を顔につけてきた。今は携えていない。間抜けにみえるが、水玉の手拭いで頬被《ほっかむ》りするしかなかった。

宝仙寺駕籠との間合を目測する。

門前まで半町《ちょう》（約五五メートル）か。

「ちと遠いな」

多喜の狙いはもちろん、駕籠の主にほかならない。

理由は通詞の西島荘八が教えてくれた。

三年前、伴睦は言葉巧《たく》みに多喜を誘い、卑劣《ひれつ》な手段で陵辱《りょうじょく》したのだという。

番医師が口封じされた出来事によって、多喜の心中に渦巻いていたどす黒い炎が発火したのだろう。

「悪党医者め」

多喜の怒りはよくわかる。

だが、一方では、手を汚してほしくなかった。

縄を打って脅しあげてやればよい。
悪事のすべてを告白させるのだ。
成敗するのは、そのあとでもよかろう。
やはり、多喜に先んじねばならぬ。
蔵人介は駆けだした。
すでに、多喜は前方を駆けている。
兎《うさぎ》のように速い。
駕籠は止まり、提灯持ちの小者が駕籠脇へ近づいた。
そこへ、多喜が勢いに任せて突っこんでいく。
垂れが捲れ、黒頭巾をかぶった伴睦が出てきた。
揃えた雪駄に片足を突っこむ。
刹那《せつな》、多喜が叫んだ。
「腐れ医者め、覚悟いたせ」
右手には鉈を握っている。
鉈を振りあげたところで、蔵人介が追いついた。
多喜の右手首を、後ろから左手で摑む。

「あっ」
そこへ、小者が飛びかかってきた。
不意討ちである。
いつの間にか小太刀を握っており、下から薙《な》ぎあげてくる。
――ひゅん。
刃風が顎を嘗めた。
蔵人介は咄嗟に多喜を庇《かば》いつつ、右手で脇差を抜いた。
忍びか。
――きいん。
二太刀目の水平斬りを弾くや、右手が強烈に痺《しび》れる。
怯《ひる》んだ相手も隙をみせた。
「やっ」
蔵人介は左手を振りおろす。
「ぬげっ」
小者の右手首が、ぼそっと落ちた。
蔵人介は血の滴《したた》る鉈を握っている。

小者は蹲《うずくま》ったが、死んではいない。

「ふん、またおぬしか」

吐きすてたのは、駕籠脇に立つ伴睦であった。

この男、知っておるのか。

出牛屋銀兵衛との関わりを連想させたが、問うている暇はない。

右手を失った小者が立ちあがり、左手に握った呼子《よびこ》を吹いた。

――ひゅっ。

音は聞こえてこない。

犬にしか聞こえぬ犬笛なのだ。

闇の向こうから、大勢の気配が迫ってくる。

犬ではない。あきらかに人だ。殺意を纏った一団である。

「ふはは、返り討ちにしてくれるわ」

伴睦が胸を反らして嗤《わら》った。

蔵人介は多喜の手を摑み、強引に引きよせる。

「死ぬ気で駆けろ」

「はい」

ふたりは地べたを蹴り、必死の形相で駆けだした。

呵々《かか》と大笑《たいしょう》する伴睦の背後から、ひたひたと跫音《あしおと》が近づいてくる。

――逃げろ。後ろをみずに逃げろ。

蔵人介は心の声にしたがい、多喜の手をぐっと引きよせた。

六

辺りはすっかり暗くなっている。

這々《ほうほう》の体《てい》で平川門を通りぬけ、どうにか御鳥屋にたどりつくと、鐵太郎に真っ赤な顔で食ってかかられた。

「父上、何処へ行かれていたのですか」

「説くのはあとだ。多喜どのに水を」

ふたりは鐵太郎が汲《く》んできた水を呑み、どうにか落ちついた。

多喜は乱れた髪を直そうともせず、三和土《たたき》をじっとみつめている。

「卯三郎の容態はどうだ」

蔵人介の問いに、鐵太郎は顔を顰めた。

「行ったり来たりを繰りかえしております」

毒芹と同時に摂取したのが快復できぬ原因なのであろう。

蔵人介は麴町の奥医師屋敷での出来事を正直に告げた。

事情を知らぬ鐵太郎は、驚いてことばを失ってしまう。

「多喜どの、何故、伴睦の命を狙わねばならぬのですか」

真剣な顔を向けられ、多喜は重い口を開いた。

「あの男に深い傷を負わされました。人を生かさねばならぬ医師として迷いはありましたが、伴睦が死なぬかぎり、名状《めいじょう》し難い怒りや苦しみから解きはなたれることはありませぬ」

多喜は表情も変えず、三年前の出来事を淡々と語りはじめる。

「御三家の紀州《きしゅう》さまから御召しがあり、奥向《おくむき》の御女中を診てほしいとのご依頼ゆえ、何の疑いもなくご用意いただいたお駕籠に乗りました。連れていかれたのは、大坂の下屋敷であったかとおもわれます。着いたのは夕刻でしたが、半刻余りも待たされたあと、控え部屋にあらわれたのが、藩医であった胡桃沢伴睦にござりました」

伴睦は「御女中の看立がなくなったゆえ、ゆるりとしていけ」と言った。丁重に断ると、にこやかに笑いながら「茶を一杯だけでも呑んでいけ」と言われたので、多喜は膝元に置いてあった冷めた茶を呑んだという。

「すぐに意識が遠退《とおの》き、気づいてみれば着物を脱がされておりました。不義をされたのだとわかりましたが、恐怖がさきに立って抗う力は残されていなかった。伴睦はわたしの乱れた髪に触れ、金子《きんす》一両を寄こそうとしたのです。つぎからは五両に増やすゆえ、妾《めかけ》になれと恫喝《どうかつ》され、わたしはおもわず顔に唾を吐きかけてやりました」

屋敷を離れたあとは、何もかも忘れようとつとめたが、ふた月ののち、身籠もったことがわかった。

「望んだ子ではない。堕胎《だたい》も考えました。されど、わたしが信じる教義では、堕胎は許されておりませぬ」

蔵人介が眉を顰める。

「信じる教義とは、もしや」

「隠れ切支丹の司祭から、洗礼《せんれい》を受けております」

多喜はこのときだけ、意志の籠もった顔で言いはなった。

公儀の知るところになれば、即刻、磔刑《たっけい》に処せられよう。

蔵人介も鐵太郎も驚きを禁じ得ず、押し黙ってしまった。

「それゆえ、わたしはひとりで子を産みました。生まれた子は、わたしの父によく似た碧《あお》い目の男の子でした」

多喜は怯まずにつづけた。

「父はイエズス会の司祭でしたが、大勢の信者を守るために棄教せざるを得なかった。おのれの命だけならば、喜んで投げだしたに違いない。されど、自分を慕って従《っ》いてきてくれたひとびとを、死なせることはできなかった。わたしは、父が転び伴天連と揶揄《やゆ》されるようになってから生まれた子です。父と母が相次いで病で亡くなったあと、岩屋に隠れていた信者の方が訪ねてくださりました。生前の父がどれほど立派な司祭であったか、そのときにはじめて知ったのです。『デウスを信じてはならぬ』それが父の遺言です。されど、わたしは父の遺言を守ることができなかった。心の支えがほしかったのでしょう。わたしは岩屋で秘かに洗礼を受け、わたしを引きとって育ててくださった養父にさえ、そのことを告げませんでした」

蔵人介は乾いた唇を嘗めた。

「さように大事な秘密を、何故、われらにはなしてくれたのだ」

「幼い仁の行方は杳《よう》として知れず、仇《かたき》と恨む伴睦を殺《あや》めることもおぼつかぬ。もはや、生きていることに疲れたのかもしれませぬ。ならばいっそ、すべてをおふたりにおはなし申しあげ、デウスの審判にお任せしようとおもったのでございます」

「デウスの審判とな」

「矢背さま」

多喜は居ずまいを正し、蔵人介に向きなおる。

「徳川さまにお仕えするお役人であられるなら、わたしを放っておくことなどできますまい。隠しおおせぬ秘密をお知りになった以上、宗門改役へお引き渡しいただく以外に道はなかろうかと存じます」

多喜は項垂《うなだ》れもせず、こちらをまっすぐにみつめる。

蔵人介は黙ってみつめ返した。

沈黙に耐えかね、鐵太郎が口を開く。

「父上、今のはなし、聞かなかったことにしてください」

えっという顔をしたのは、多喜であった。

いくら何でも、隠れ切支丹を庇いはすまいとおもったのであろう。

蔵人介は重々しく言いはなつ。

「かようなはなし、聞かなかったことにはできぬ。聞いたうえで判断いたす」

多喜も鐵太郎も、ごくっと唾を呑みこんだ。

蔵人介はすっと背筋を伸ばす。

「わしは幕臣だが、徳川に魂までは売らぬ。多喜どの、貴女の潔さに感服《かんぷく》いたした。貴女は紛れもなく、仁と義と信を尊ぶ侍《さむらい》にほかならぬ。わしも侍の端くれゆえ、命を賭《と》してでも同じ志を持った多喜どのを守らねばならぬ。鐵太郎も我が子ゆえ、同じ気持ちであろう」

「……そ、そんな……お、お見逃しくださるのですか」

隠れ切支丹を見逃した時点から、本人たちが針の筵《むしろ》に座らされたも同然になる。

もちろん、それがわかったうえで、蔵人介は即断してみせたのだ。

多喜は床に両手をつき、嗚咽《おえつ》を漏らしはじめた。

蔵人介は手を差しのべ、そっと肩に触れてやる。

「三年前の恨み、かならずや、晴らして進ぜよう」

「えっ」

「胡桃沢伴睦は獅子《し》身中《しんちゅう》の虫《むし》、上様のそばにあってはならぬ医者だ」

「……さ、さようなことが、できるのでしょうか。それこそ、矢背さまにご迷惑が」

すかさず、鐵太郎が胸を張った。

「心配はご無用。鬼となった父を阻める者などおりませぬ」

「鐵太郎さま」

「はい」

「かたじけのう存じます」

「いや、まだ何も解決しておりませぬ」

「さよう」

蔵人介がうなずいた。

「敵はこちらの正体をわかっているようだし、今以上に防《ふせ》ぎを固めてこよう」

伴睦の後ろには尋常ならざる連中も控えているため、迂闊《うかつ》には手を出せぬ。

「それに、まずは我が子を取りもどさねばならぬ。多喜どの、攫《さら》った者におぼえはござらぬか」

「母親の勘にすぎませぬが、やはり、伴睦が関わっているのではないかと」

「たしかに、自分の血が流れる男の子と知れば、奪いたくなるのは必定《ひつじょう》」

「碧い目の子でも、そうなのでしょうか」

「稀少であればいっそう、人というものは欲しがるもの。ときに、出牛屋銀兵衛という名に聞きおぼえは」

「浅草溜の車善七親分から」

蔵人介も聞いた。出牛屋が数千両で「碧い目の幼子」を買ったというはなしだ。

「わたしは居ても立ってもいられなくなり、蔵前にある出牛屋のもとを訪ねました。されど、何度訪ねても門前払いにされ、会うことすらできませんでした」

是が非でも端緒《たんしょ》を摑もうと、奉公人たちにもあたってみたが、碧い目の幼子を知る者はいなかった。多喜は当《あ》て所《ど》もなく何日も歩きまわり、行き倒れになりかけたところを非人たちに救われたのだ。

「廓で虎狼痢が蔓延していると聞き、放っておけなくなりました。戻ってみると、焼け跡と化した吉原には、鐵太郎さまがおられた。どれほど、心強かったことか」

鐵太郎は多喜にみつめられ、ぽっと頰を赤くする。

「そのあと、城中の助っ人に呼んでいただき、おもいがけず、仇を目と鼻のさきに置くこととなりました」

多喜のことばに、蔵人介はうなずいた。

「御番医の屍骸がみつかり、怒りを抑えきれなくなったのだな」

「はい」

おそらく、すべては宿命なのであろう。

「デウスのお導きとしかおもえませぬ」

「たしかに、そのとおりかもしれぬ」

鐵太郎も感慨深げにうなずいた。

同じ夜、本丸の北西に位置する紅葉山《もみじやま》の書庫から、大量の蘭書《らんしょ》が隠密裡に運びだされた。幕閣からの指示で書物奉行《しょもつ》が動いたらしいが、怪しい動きの背景には伴睦の意向がはたらいていた。

もちろん、御鳥屋の蔵人介たちが知るはずもない。

すべて、あとで知ったことである。

七

日を追うごとに、御府内の混乱は狂気を帯びていった。

――どどん。

下谷《したや》一帯に砲声が轟《とどろ》いたのは、二日後の明け方であった。

神田川の土手に砲門を並べたのは、幕府の持筒組《もちづつぐみ》に属する歴とした幕臣たちにほかならない。

照準を合わされたのは、和泉《いずみ》通りにある高名な蘭学者《らんがくしゃ》の看立所《みたてどころ》だった。看立所や隣り合う建物は粉微塵《こなみじん》に吹っ飛び、家人や奉公人のなかから死傷者も出た。

燃えあがった炎は通りに囲まれた半町四方を焼き、一帯は蜂《はち》の巣を突ついたような騒ぎになった。

持筒方の連中はほどもなく捕縛されたが、組頭《くみがしら》から命じられたと口を揃えた。命じた組頭はその場で切腹したので、無謀としか言いようのない命を下した理由は判然としない。ただ、狂気を孕《はら》んだ顔で「国崩しじゃ、国崩しじゃ」と、繰りかえし叫んでいたという。

御府内では二、三日前から、得体の知れぬ疫病の原因が蘭方医にあるという虚言が流布《るふ》していた。何の根拠もない戯《ざ》れ言《ごと》だと触れを出せばよいのに、幕府はすぐに動かなかった。

蔵人介は医学館を牛耳《ぎゅうじ》る漢方医たちの悪意を感じたが、それを証明できるものは何もなかった。

そうしたやさき、町屋に向けて持筒組の連中が大砲をぶっ放したのだ。

組頭の叫んだ「国崩し」とは、豊後《ぶんご》国の戦国大名であった大友宗麟《おおともそうりん》が葡萄牙《ポルトガル》の宣教師から買いつけたフランキ砲の通称である。城攻めにおよんだ島津《しまづ》の軍勢を撃退し、今も臼杵《うすき》城の砲台に据えられている大砲の通称を、どうして組頭が死にのぞんで口にしたのか、理由は判然としない。

ともあれ、世間の受けた衝撃たるや、筆舌《ひつぜつ》に尽くしがたいものがあった。

「おれにどうしろと言われても、どうにもならねえぜ」

城中の表向、三奉行の詰める芙蓉《ふよう》之間の外廊下で、南町奉行の遠山左衛門少尉は呟きこむように吐きすてた。

蔵人介がめずらしく、正装の遠山が部屋から出てくるのを待ちかまえ、みずから身を寄せて声を掛けたのだ。

市中においては、蘭方医たちがあらぬ疑いを掛けられ、なかには石を投げられたり、袋叩きにされる医者まで出ていた。町奉行の一存で、虚言妄言《きよげんもうげん》を弄《ろう》する者は厳罰に処する旨《むね》の触れを出してほしいと、直々に願いでたのである。

「どうにもならぬとは、どういうことにござりましょう」

「おめえの養子に毒を盛った野郎が目付筋に捕まった。そいつが何と、蘭方医だったというわけさ」

「お待ちを。下手人は厠で首を絞められた御番医にちがいないと、遠山さまも仰せになったではありませぬか」

「庖丁人ひとりの証言だけじゃ弱えんだよ。蘭方医のほうはな、御膳所でみかけた者が少なくとも五人は出てきたんだぜ」

誰かに金を摑まされたか、脅されたにちがいない。

「御目付《おめつけ》の言い分をお信じになるのですか」

「信じてねえさ。でもな、捏造《ねつぞう》だろうと何だろうと、上がそっちを向けば、下はしたがわなくちゃならねえ。それが宮仕えってもんだ」

あんたが上ではないのかと、声を荒《あら》らげたくなった。

「上とは、阿部伊勢守さまのことでござるな」

「どうする気だ、お得意の直談判か。その手は何度も通用しねえぜ。蘭方医排除の機運は燎原《りょうげん》の火みてえに広がりつつある。おめえの想像どおり、火元は医学館のお偉方さ。ことに、胡桃沢伴睦って野郎は始末に負えねえ。でもな、今はおとなしく嵐が過ぎるのを待つしかねえんだ。な、わかったら、実子の鐵太郎とおなごの蘭方医も何処かに逃がしたほうがいい。御鳥屋は物騒《ぶっそう》な連中に狙われるかもしれねえぜ」

「守っていただけぬと」

「ああ、すまねえが、そっちまで手がまわらねえ。ここでのんびり立ち話している あいだにも、火付けだの打ち毀《こわ》しだのが頻発していやがるかんな。さっき、上様から騎馬武者《きばむしゃ》の編成を許された。今から与力はみんな馬に乗り、江戸じゅうを駆けまわることになる。火盗改《かとうあらため》と同じ切捨御免《きりすてごめん》の許しも得ようとおもっている。抗うやつは容赦しねえ。鬼役みてえに、斬って斬って斬りまくる。ふへへ、だからよ、おめえの頼みをちんたら聞いている暇はねえのさ」

妙な高揚感に包まれているのか、遠山は笑いながら廊下の向こうへ去っていった。

このようなときに、小納戸頭取の今泉益勝からは、卯三郎の居なくなった穴を埋めるべく鬼役に復帰せよとの命を下されている。今泉は中奥の差配役であり、指図を無視するわけにはいかぬが、蔵人介の上役はあくまでも小姓組番頭なので、のらりくらりと言い訳をしながら引きのばしていた。

夕刻、御鳥屋へ戻ってみると、鐵太郎が役人相手に揉《も》めている。

蔵人介が割ってはいった。

「これは鬼役……いえ、元鬼役の矢背蔵人介さま」

「おぬしはたしか」

「御広敷伊賀吟味役《おひろしきいがぎんみやく》、坂巻小五郎《さかまきこごろう》にございます」

「そうであったな。で、何か用か」

「おなごの蘭方医に、ちと伺いたいことがございます。大奥にお越し願いたいと、ご子息にお願いしていたところで」

「どなたのお指図だ」

「御年寄《おとしより》の山風《やまかぜ》さまであられます」

「山風さま」

姉小路《あねがこうじ》の後ろ盾を得て、日の出の勢いと言われている大奥の実力者である。

「伺いたい内容とは」

「それがしにはわかりかねます。山風さま直々のお伺いにござれば、素直にお聞き届けいただくのが肝要かと」

「まるで、脅しだな」

「そう受けとっていただいてもよろしゅうござる」

「されば、本人に申し伝え、のちほどお連れいたそう」

「そのおことば、信じてもよろしゅうございますか」

ぎろりと睨まれ、蔵人介は眸子《まなこ》を細めた。

執拗《しつよう》に粘る理由を勘ぐりつつ、やんわりとはぐらかす。

「信じるも信じぬも、おぬしの勝手だ。多喜どのには患者の治療という大事な御役目がある。御役目を放りだし、のこのこ大奥へ参内するわけにもいくまい」

「お越しいただけぬようなら、後悔されますぞ。では」

坂巻は会釈し、強面の配下ともども去っていった。

すでに多喜は御鳥屋におらず、鐵太郎が機転を利かせて浅草溜へ逃がしていた。

「何か、よくない予感がはたらいたものですから」

「ふむ、ようやった。車善七のところなら、御広敷の連中も手出しはできまい」

「大奥の御年寄とは、表向で申せば御老中のことですよね。それほど身分の高いお方が、いったい何の御用でしょう」

「わからぬ」

犬笛で呼ばれた連中のことが脳裏を過《よ》ぎったものの、あの連中が御広敷の伊賀者という証拠はない。

「卯三郎の容態は」

「変わらずです」

庖丁方ふたりは快復し、秘かに家のほうへ戻したという。

虎狼痢の患者は、今の時点では卯三郎ひとりであった。

「まだ家に移せぬようなら、串部を呼びにやらせるか」

「どうされたのですか」

「まんがいちの防だ。今宵あたり、連中が襲ってくるやもしれぬ」

「連中とは、御広敷の」

「わからぬ。いずれにしろ、鬼役を消したい者たちのことだ」

蔵人介は小坊主の宗竹を呼び、御納戸町の家まで使いを頼んだ。

串部が押っ取り刀でやってきたのは、半刻ほどのちのことである。

すっかり元気なすがたに戻り、からだが鈍《なま》って仕方ないと軽口を叩いた。

これまでの経緯を告げてやると、眸子を爛々《らんらん》とさせながら「生きていてよかった」と嘆息《たんそく》する。「死んでいたら悪党どもを取り逃がすところでした」と笑いあげる従者が、いつになく頼もしく映った。

「杞憂《きゆう》に終わればよいがな」

夜が更けると、本降りの雨になった。

小者たちは帰したので、身内しか残っていない。

卯三郎の眠る部屋には、紫陽花《あじさい》が活けてあった。

少しでも華やいだものにできればと、多喜が残していったのだろう。

いずれにしろ、卯三郎は眠ったままだし、鐵太郎は剣術が苦手だ。

まんがいちのときは、串部とふたりで闘わねばならぬ。

蔵人介は眸子を瞑《つむ》り、じっと雨音に耳を澄ませた。

修行を積んだ者でなければ、敵の跫音《あしおと》は聞き分けられまい。

――ごおん。

亥ノ刻の鐘音《かねおと》が、遥か遠くに聞こえている。

鐘音の余韻《よいん》に紛れて、ひたひたと刺客どもの跫音が迫ってきた。

八

来た。

「串部」

「承知しておりますぞ」

「忍びだな」

「まちがいありませぬ」

数は少なく見積もっても、二十は下るまい。

ちと厳しいなと、さすがの蔵人介も不安を抱いた。

「串部、何か聞こえぬか」

「えっ」

串部はじっと耳を澄ませ、何度もうなずいてみせる。

「笛の音が聞こえます」

「やはりな。それは犬にしか聞こえぬ犬笛の音だ。獣《けもの》に近いおぬしなら、聞こえるかもしれぬとおもったのさ」

「喜んでよいものかどうか、よくわかりませぬな」

「おぬしのおかげで、けしかけた者の正体がわかった」

「誰です」

「権威の衣を纏った奥医師だ」

「胡桃沢伴睦」

あるいは、伴睦の背後に隠れた黒幕とも言うべき人物の指図であろう。

——鬼役どもを抹殺せよ。

敵の意図は明確だった。

目的は判然としないが、蔵人介たちがあきらかに邪魔なのだろう。

少なくとも、鬼役に課された裏の御用を知っているにちがいない。

となれば、それを知り得る立場の者が命を下していることになる。

今はしかし、あれこれ臆測している暇はなかった。

刺客どもを撃退して生きのびる手だてを考えねばならぬ。

「御鳥屋とは申せ、ここは城内にござります」

串部の言うとおり、敵は隠密裡《り》に事をすすめたいはずだ。

たとえば、火矢を射掛けたり、銃砲を放ったりはすまい。

もっとも、本降りの雨だけに火は容易に使えぬ。飛び道具は矢箭となろうが、外に出なければ敵は焦《じ》れて近づいてくるしかない。要は接近戦への備えをしておけばよいのである。

卯三郎の褥《しとね》を畳と玄蕃桶《げんばおけ》で二重に囲い、鐵太郎を枕元に待機させた。

「合図があるまで、そこから出てくるでないぞ」

蔵人介はそう命じ、串部を勝手口へ向かわせると、みずからは表戸の脇に潜む。

おそらく、何人かは小手調べも兼ねて、表裏の戸口から飛びこんでこよう。

ただ、それは誘いにすぎず、敵の狙いは上にあると、蔵人介は読んだ。

大屋根を抜き、一気に勝負をつけようとするにちがいない。
上からの攻めを凌《しの》ぐことができれば、光明を見出すこともできよう。
「あとは野となれ山となれ」
串部お得意の台詞を口ずさむと、気持ちが少し落ちついてきた。
「よし」
蔵人介は吐きすて、誘うように表の板戸を開く。
と同時に、矢箭の束が飛んできた。
――ひゅん、ひゅん。
床や柱に矢が刺さった。
雨粒を弾いた人影が三つ、戸口から躍りこんでくる。
――きゅいん。
蔵人介の「鳴狐」が刃音を響かせた。
左右のふたりは胸と胴を断たれる。
抜き際の一刀であった。
血振りを済ませて納刀し、蔵人介は三人目の面前に迫る。
敵は覆面をしておらず、五分月代《ごぶさかやき》で額には刺青《ほりもの》があった。

「ふいっ」

大上段から直刀を振りおろす。

が、そのまえに、鳴狐が相手の首を飛ばしていた。

「のひぇ……っ」

飛ばされた首は沈痛な叫びをあげ、外へ転がりでていく。

その首を、首領《しゆりよう》らしき大男が踏みつけた。

黒い布で顔を覆っている。

刺すような眼光はひとつしかない。

「ひとつ目か」

岩屋の番人と呼ばれる男であろうか。

――どん。

背後の勝手口にも敵が殺到してきた。

「来い」

串部は叫び、低い姿勢で敵の臑《すね》を刈りまくる。

こちらも三人が悲鳴をあげ、三和土や床に転がった。

しんと、外は静まりかえる。

ひとつ目は何処にもおらず、大屋根に殺気がへばりついた。
予想どおり、敵は上から一気呵成《いっきかせい》に攻めこむ気であろう。
表裏の口から、ふたたび、人影が躍りこんできた。
そちらに気を取られた刹那《せつな》、大屋根のまんなかに穴が開いた。
――どしゃっ。
木っ端とともに、刺客どもが降りてくる。
数を把握している暇はない。
迫りくる影を必死の形相で斬りすてた。
――きゅいん。
狐の鳴き声が尾を曳《ひ》き、心許ない足場に屍骸の山が築かれていく。
腕や背中に傷を負ったが、痛みすらも感じなかった。
気づいてみれば、蔵人介は肩で息をしている。
辺りはまた静まり、穴の開いた屋根からは雨が降りそそいできた。
「串部、生きておるか」
返事はない。
もう一度呼ぶと、串部が木っ端の狭間から顔を出した。

「大殿、生きておりますぞ。鐵太郎さまと卯三郎さまもご無事にございます」

「よし」

ほっとしたところへ、別の殺気が迫ってきた。

蔵人介は戸口に駆けより、外の様子を窺う。

「あっ」

驚いた。

新手の刺客が横一線になり、まんなかで大筒を構えている。

「ん、まずいぞ」

水戸《みと》家なども擁する最新式の大筒は、雨などものともしない。

さすがに火砲は使うまいとおもったが、そうではなさそうだ。

ぶっ放されたら、一巻の終わりだった。

ひとつ目の男が、さっと片手を持ちあげる。

後部から砲弾が装塡《そうてん》され、火薬に点火するだけとなった。

そのときである。

――びゅん。

あらぬ方角から飛来した一本の矢が、砲手の耳を真横から射抜いた。

雨中にすっくと立ちあがったのは、幸恵にほかならない。

重籐《しげどう》の弓に矢を番え、弦をぎりっと引きしぼる。

――びゅん。

二本目の矢も別の砲手を弾いた。

幸恵だけではない。

かたわらには、吾助とおせきもいる。

体術に優れたふたりは猿のように跳躍し、殺到する敵をおもしろいように斥《しりぞ》けていった。

そしてもうひとり、反対の方角から、ひとつ目の男に迫る白い人影があった。

志乃である。

「矢背の婆じゃ。寄らば斬るぞ」

頭上で旋回させた薙刀はもちろん、鬼斬り国綱にほかならない。

鐵太郎が大坂で身を落ちつけたのち、江戸へ戻されていたのだ。

その迫力たるや、凄まじいものがあった。

もはや、百人力である。

「ちっ」

ひとつ目は、めずらしい得物《えもの》を手にしていた。
槍先が三《み》つ叉《また》に分かれた三叉槍《さんさそう》である。
こちらも頭上で軽々と旋回させ、やにわに、志乃の胸を剔《えぐ》ろうとする。
——ぶん。
志乃は白髪を揺らし、相手の攻めを寸前で躱《かわ》す。
躱しながら薙ぎあげるかとおもえば、石突《いしづ》きで顔面を突きに出た。
ふたりの動きは素早く、助っ人にはいる余地もない。
「くふふ、歯ごたえのあるやつじゃの」
志乃はうそぶき、独楽《こま》のように回転する。
七十を過ぎた老婆の動きではない。
「そいっ」
頭殺《そ》ぎを狙った一撃だった。
が、ひとつ目も躱してみせる。
——びん。
背後から、幸恵が矢を放った。
盆《ぼん》の窪《くぼ》を狙ったが、わずかに逸れて背中に刺さる。

「ぬおっ」

ひとつ目が咆《ほ》えた。

矢を背負ったまま踵《きびす》を返すや、残った連中も背中をみせる。

そして、潮が引くように去っていった。

「ふん、逃がしたか」

志乃は口惜しそうに漏らすが、追う必要はなかろう。

残されたのは半壊した御鳥屋と、多くの屍骸《しがい》だった。

屍骸になった者たちの顔にみおぼえはない。

どうやら、御広敷の忍びではなさそうだが、素姓の調べは目付筋に委ねるしかなかった。

「父上、こちらへ」

畳に囲われた褥の端から、鐵太郎が手招きをしている。

志乃や幸恵も呼びよせ、みなでそちらへ向かった。

上から覗いてみれば、卯三郎が目を開けている。

「義兄上《あにうえ》が、ようやく戻ってこられましたぞ」

鐵太郎が涙目で告げた。

いつの間にか雨はあがり、穴の開いた天井から白みはじめた空がみえる。

御鳥屋の周囲だけを除けば、城内はいつもどおりの閑寂《かんじゃく》に包まれていた。

卯三郎は長い苦しみから解放され、日毎《ひごと》に快復してくれるにちがいない。

一方、いまだ敵はその全容をあらわにしていなかった。

いったい、おぬしらは何者なのだ。

蔵人介は屍骸を睨みつけ、胸中に吐きすてた。

九

御鳥屋の惨状に目を向ける者などいなかった。

遠山が恐れていたとおり、市中には暴力が渦巻いている。

商家は打ち毀しに遭い、米や酒や味噌醤油が大量に盗まれた。

荒稼ぎや辻斬りも横行し、昼間でもおちおち通りを歩けない。

短いあいだにこれほど世の中が変わるとは、いったい誰が想像したであろう。

混乱の責めは誰かに負わせねばならず、人身御供《ひとみごくう》にされたのが蘭方医や蘭学者たちであった。

高名な者たちは蘭学に理解のある諸藩の庇護《ひご》を頼ったが、幕閣の重臣たちは打つ手をあやまった。疫病の起源を曖昧《あいまい》にせざるを得なかったせいもあり、市井の連中に誤解を与え、蘭方医たちを窮地に追いやったのだ。

夕刻、護寺院《ごじいん》ケ原《がはら》の火除地《ひよけち》には、束ねた青竹で竹の塔が築かれた。

公儀の御墨付を得た者が季節外れの左義長《さぎちょう》をやると聞き、大勢の見物人が集まってくる。

蔵人介も噂を聞きつけ、志乃や幸恵とともに見物にやってきた。

大きな竹の塔が建てられたのは平川門から一橋《ひとつばし》門を渡ったさき、御濠に面した四番明地《あきち》である。

広大な叢《くさむら》のまんなかに、大勢の人が集まっていた。

そして、大八車に山積みにされた書物がつぎつぎに運ばれてくる。

「何がはじまるのであろうな」

志乃の問いに応じたのは、物知り顔の老人だった。

「蘭学の書物を燃やすのじゃ」

「何じゃと」

「異国かぶれの連中が、疫病をばらまきおった。やつらが拠《よ》り所《どころ》にする書物など、百害あって一利なしじゃ。やれ、ぜんぶ燃やしちまえ」

老人は興奮気味に言ってのける。

志乃は黙っていられず、塔のほうへ近づいていった。

周囲には竹柵が張りめぐらされ、勝手に踏みこむことは許されない。

踏みこもうとする者は、六尺棒を持った役人に打ちのめされるのだ。

「お待ちくだされ、お待ちを」

叫んでいるのは、市井の者ではない。

紅葉山の書庫ではたらく木っ端役人のようだった。

「そこには貴重な蘭書がふくまれております。いかような理由があろうとも、書物を燃やすとはもってのほか。唐土《もろこし》の悪名高い始皇帝《しこうてい》と同様、後世に汚点を残すことになりましょうぞ」

書物役人は引きずられていき、塔のなかには蘭書が堆《うずたか》く積まれていく。

抗う者が出るたびに、番士たちの手で何処かへ連れていかれた。

志乃と幸恵はみていられなくなり、早々と背を向けてしまう。

蔵人介はひとり護寺院ヶ原に残り、燃える炎をみつめつづけた。

同じように炎をみつめる者のなかに、胡桃沢伴睦のすがたもある。

なるほど、おぬしのやりたいことは、これであったか。

混乱のどさくさに紛れて、智《ち》の礎《いしずえ》となる書を灰にする。

焚書《ふんしょ》によって、蘭学の火を消そうとしているのか。

万死《ばんし》に値すると言わざるを得ない。

人々が営々と築きあげてきた叡智《えいち》を、みずからの権威を保つという瑣末《さまつ》な目途《もくと》のために葬り去ってよいはずはなかろう。

伴睦のかたわらには、高価な地黒の打掛《うちかけ》を纏った女官《にょかん》が佇んでいる。

従者に守られているので容易には近づけぬが、身分の高い御殿女中であることはわかった。

火をみつめながら、念仏のようなものをつぶやいている。

遠目から炎越しに唇を読むと、誰かの歌を口ずさんでいた。

――かぎりあれば吹かねど花は散るものを、心みじかき春の山風。

花の命はかぎりがあるので、風など吹かずともいつかは散る。待てばよいのに春の山風は何故に花を散らそうとするのかと、みずからの早生《そうせい》を嘆いた辞世《じせい》にちがいない。

誰の辞世かおもいだすまえに、歌に詠《よ》まれた「山風」という二文字が気になった。

「あの女官……もしや、御年寄の山風さまか」

以前にも、炎のまえに佇む山風を目にした記憶があった。

さよう、一年前の皐月十日、御本丸が炎に包まれたときだ。

ひとりだけ、陶然《とうぜん》とした面持ちで炎をみつめる女官がいた。

火事の原因は大奥女中による火の不始末で、いくつかの証言から、当初は上﨟《じょうろう》御年寄の姉小路が疑われた。天麩羅《てんぷら》で使用した火の不始末ではないかとされたのだが、姉小路はこれをまっこうから否定し、広大院《こうだいいん》に仕える梅渓《うめたに》という御年寄に罪をなすりつけた。

広大院は先代家斉《いえなり》の正室《せいしつ》、喧嘩を売っても勝てる相手ではない。だが、姉小路は火元争いで勝った。五百人もの女官を死なせておきながら、みずからの落ち度を頑《がん》としてみとめず、梅渓を死罪に追いこんだ。

そのときに暗躍したのが、山風だったとも言われている。

姉小路に恩を売り、大奥での基盤を強固にしたのだろうか。

広大院は火事のあった年の霜月《しもつき》に、心労が祟《たた》って逝去した。大奥内の序列は、姉小路が名実ともに最上位となり、今では火事の原因を蒸し返そうとする者もいない。

「おもいだした」

山風の口ずさんだ辞世は、織田信長に重用された蒲生氏郷《がもううじさと》が詠んだものであった。豊臣秀吉《とよとみひでよし》に「つぎに天下を取るとすれば、氏郷よ」と言われた猛将であり、千《せんの》利休《りきゅう》にもその才を惜しまれた茶人でもあった。そしてまた、高山右近《たかやまうこん》の感化を受けた切支丹大名《キリシタンだいみょう》でもある。右近は氏郷の臨終《りんじゅう》に際して、枕元にイエス・キリストの聖像を掲げた。氏郷はデウスに懺悔《ざんげ》しながら息を引き取ったという。

山風は何故、蒲生氏郷の辞世を唱えねばならぬのか。

しかも、みずからの通り名に辞世の「山風」をつけたのだとすれば、思い入れはそうとうに深いと言わねばなるまい。

蒲生家は大名家として存続し、第三代将軍家光《いえみつ》の御代には伊予松山《いよまつやま》二十四万石に封《ほう》じられている。だが、世継ぎの男子に恵まれずに断絶《だんぜつ》となり、蒲生の家を継ぐ者はいなくなった。

山風が黒幕なのだろうか。

疫病に関する虚言妄言を流布させ、蘭学に関わる者たちを卑劣な手法で貶《おとし》めた。さらに遡《さかのぼ》れば、火事で焼失した本丸再建の裏で、当時の作事《さくじ》奉行や勘定吟味役に作事費用の一部を着服させたのも、出牛屋銀兵衛を御用達《ごようたし》にして裏金をつくらせたのも、あるいは虎狼痢の粉を使って御膳所を閉鎖に追いこんだのも、持筒組に大砲を撃たせたのも、何もかも山風の意向によるものなのだろうか。

「わからぬ」

鍵を握るのは、山奥の岩屋で十字架を拝む者たちなのか。

蘭学の書物は焼かれ、灰となって昏《くら》い空へ舞いあがっていく。

何者かの気配に振りむくと、公人朝夕人の伝蔵が立っていた。

「矢背さま、御鳥屋を襲った連中、御広敷の伊賀者ではありませぬ」

「さようか」

「はっきりとは申しあげられませぬが、秩父党《ちちぶとう》ではないかと」

「秩父党」

「そもそもは、江戸を築いた者たちにござります」

されど、歴代の守護大名に攻められ、勢力を減殺《げんさい》された。徳川の世になってから
はほとんど忘れられた山里の民と化し、一部は隠れ切支丹と結びついたとの言い伝
えもあるという。

「秩父党は古来より、犬笛の民とも呼ばれております」

「なるほど」

「秩父党を源流とする者たちは結束が固く、幕臣のなかにも紛れているというはな

しを聞いたことがございます。ひょっとすると、国崩しを放った持筒組の組頭はそうだったのかもしれませぬ。この国で最初となる大筒を異国から買った大友宗麟も、そう言えば切支丹大名でしたね」

伝蔵に指摘されるまでもなく、何もかも切支丹と繋《つな》げて考えてしまう。

「それから、証拠と言えるかどうかわかりませぬが、屍骸となった者らの額には各々に『三』『田』『○』『∧』といった刺青が入れてございました」

「刺青の意味は」

「いろいろ考えましたが、単純に四つを並べてみれば『三田○∧』となります」

「さんたまりや……サンタマリヤか」

「殉教して神となったイエス・キリストの母マリヤを讃《たた》える一節にございます」

「やはり、隠れ切支丹か」

「よくはわかりませぬが、信仰のためなら命をも容易に投げだす。かつて織田信長の命で根切りにされた一向宗《いっこうしゅう》のごとき輩《やから》かもしれませぬ」

「されど、神を崇める者たちが、平然と疫病の種を撒《ま》いたりするであろうか」

「サタンに魂を売った者たちならば、容易にございましょうな」

「サタンとは」

「神に抗う魔、さしずめ、神仏に抗う鬼のようなものかもしれませぬ」

「鬼のようなもの」

「……あ、いえ、おまちがえなく。矢背さまの奉じる鬼は、魔除けに絶大な効力をしめす角大師《つのだいし》のごときものにござりましょう。むしろ、悪に仕える魔を滅するものゆえ、相手にしてみれば厄介至極《しごく》な難敵となる。それゆえ、執拗《しつよう》にお命を狙われたのやもしれませぬな」

わかったようなわからぬようなはなしだ。

「ともあれ、江戸に留まっておられても、解決はいたしませぬ」

伝蔵の言うとおり、すぐにでも旅に出なければなるまい。

秩父の奥にある出牛峠へ向かい、医官のフィッセルが言っていた「銀色に光る巨大な塔」を探すのだ。

十

日本橋から中山道《なかせんどう》を十六里（約六三キロ）強ほど進み、熊谷宿《くまがや》で三日目の朝を迎えた。

出牛峠は忍《おし》藩支配の大宮《おおみや》郷と境界を接する幕領《ばくりょう》で、熊谷宿からは荒川《あらかわ》沿いに秩父往還をたどる。秩父往還は江戸と甲州《こうしゅう》を結ぶ甲州街道の裏街道に位置づけられ、大菩薩《だいぼさつ》峠越えの青梅《おうめ》往還とともに北関東と甲州を結ぶ重要な道筋であった。

秩父札所《ふだしょ》は観音信仰の巡礼道でもあり、秩父一帯は上州《じょうしゅう》の桐生《きりゅう》と並んで養蚕《ようさん》の盛んな土地である。また、秩父の山から産出される石灰は壁材や土壌改良などの用途で広く使われており、忍藩の藩財政を支える柱のひとつにもなっていた。

出牛峠までは約十里（約四〇キロ）と見込んでいる。平坦なら一日で踏破《とうは》できるが、道は険しい。急斜面の山腹に沿って上り下りを繰りかえさねばならず、山脈や渓谷の景色は一見の価値があるものの、さきを急ぐ旅人にとって楽な道程ではなかった。

それでも、道端に並ぶ馬頭《ばとう》観音などの石仏に癒《い》やされながら、蔵人介は軽快に進んでいった。連れの串部は途中から息があがり、軽口も出なくなったが、日のあるうちにどうにか、荒川西岸の野上《のがみ》郷までたどりついた。

本野上村の百姓《ひゃくしょう》家《や》に一夜の宿を借り、翌朝は小雨のなかを出立《しゅったつ》する。

朴訥《ぼくとつ》とした杣人《そまびと》に出牛峠までの道程を聞いたが、山に分け入ってからは茨《いばら》に覆われた道なき道をたどった。茨の藪をどうにか抜けたとおもったら、辺りは濃い霧に包まれており、一寸さきもみえない。
それでも、霧を漕ぐように獣道を登りつづけた。
半日ばかり登っても、頂上に達する気配はない。
「弱りましたな」
仕方なく木陰を探し、霧が晴れるのを待つことにした。
薪《まき》を集めて火を点《つ》け、焚火《たきび》に手を翳《かざ》しても容易には温まらない。
――うおおん。
近くで山狗《やまいぬ》の遠吠えがする。
串部は聞こえぬふりをし、干し芋を齧《かじ》りはじめた。
蔵人介は腰の竹筒を取り、ひと口だけ水を呑む。
やがて霧が晴れ、主従はふたたび歩きはじめた。
空はどんよりと曇り、頂上はみえない。
あいかわらず、冷たい雨は降りつづいている。
「かような山奥に人が住んでおるのでしょうか」
弱音を吐く串部を窘《たしな》めるように説いた。
「人里離れた土地にしか住めぬ者たちもおろう」

「隠れ切支丹ですか。すがたをくらました出牛屋銀兵衛も、その岩屋とやらにおるのでしょうか」

「おらねばならぬ理由があるとすればな」

「理由とは」

「さあな」

信仰以外に、何か守らねばならぬものがあるのかもしれない。

串部は重い溜息を吐いた。

「銀色に光る塔なんぞが、かような山奥に建っておるのでしょうか」

わからぬ。このさきにいったい、何があるのか。あるいは、何もないのか。

秩父党はそのむかし、北関東を席捲《せっけん》し、今の日比谷《ひびや》入江辺りまで達したものの、海のそばには根付かず、ふたたび、秩父の山へ戻った。戻った理由は、金であったとも伝えられている。甲州連山からつづく秩父の山奥で金鉱脈がみつかり、それを秘かに守るためであったともいうが、幕初までに金はことごとく掘り尽くされた。

それでも、山を離れぬ理由は何であったのか。

こたえを見出せぬまま、山頂らしきところに着いた。

疲れきったからだに鞭打《むちう》つべく、ぐっと伸びをする。

突如、曇天が割れ、陽光が降りそそいできた。
「うわっ」
串部が叫んだ。
強烈な反射光に眸子を射抜かれる。
蔵人介は薄目を開け、眼下の尾根をみた。
「あっ」
銀色の巨大な塔が建っている。
驚くべきことに、遠くの尾根に何門もの大筒が並んでいた。
大筒の周囲に豆粒のような者たちが集まり、忙《せわ》しなげに動いている。
どうやら、砲弾を詰めこんでいるらしい。
今から、試し討ちをするのだ。
「放てい……っ」
刹那、点火の火花が散った。
――どん、どん、どん。
砲門がつづけざまに獅子吼《ししく》し、山間に砲声が木霊《こだま》する。
手前に建つ塔のてっぺんからは、黒煙が盛んに噴きあげられていた。

そう言えば、蘭書で目にしたことがある。

鉄を精製する「反射炉」なるものであろうか。

串部が首を捻った。

「ハンシャロ」

「ふむ。あのなかで鉄の石を溶かし、砲を造っておるのかもしれぬ」

砲が青銅《せいどう》ではなく、純粋な鉄だけで造られているのだとすれば、国産では初の強固な火砲になろう。

がさがさと、すぐそばで物音がした。

殺気を帯びた大勢の者たちに囲まれている。

野良着を着た連中の額には「三」や「田」などの刺青が見受けられた。

秩父党の者たちであろうか。

敵意を剝《む》きだしにし、囲いを狭めてくる。

「殿、お気をつけくだされ」

後ろは崖《がけ》だ。落ちたら命はない。

刀の柄に手を添え、すっと身構えた。

「待て」

背後の藪陰から声が掛かる。

あらわれたのは、鬼虎魚に似た札差にほかならない。

「銀兵衛か、やはり、ここにおったな」

蔵人介の呼びかけに応じ、銀兵衛が近づいてくる。

「くふふ、かならず来るとおもうておったわ」

「誘ったと申すのか」

「ああ、そうや。塔のはなしを人伝《ひとづて》に聞かせてやれば、来ぬはずはない。そうおもうたのや」

「あれは反射炉か」

「ようわかったな。あれさえあれば、高熱で鉄の石を溶かすことができる」

「ここにおる連中は、秩父党の者たちなのか」

「おおかたはな。けど、それだけやないで。蘭書の図面を基《もと》に反射炉を建てたんは、隠れ切支丹の連中や。なかには、寺を破門《はもん》された者もおれば、人を殺《あや》めて逃げてきた者もおる」

世間から捨てられた者たちが、磁場に引きよせられたように集まってくるという。

「磁場」

「あんたの足のしたには、鉄が眠っておるんや」

そもそも、銀兵衛は上方で生まれ育ち、秩父とは何の縁もなかった。商人になる以前は金鉱脈を探す山師《やまし》で、甲州から秩父の山脈を走破しているときに鉄の山をみつけ、その価値を知らずに守りつづけてきた秩父党の者たちと交流しはじめたらしかった。

「十年もむかしのはなしや。わては出牛屋と屋号を定め、鉄で儲《もう》けようと決めた。鉄になる石を溶かして大筒を造れば、いくらでも金を出すから売ってほしいと、諸藩は泣きついてくるやろう。一攫千金《いっかくせんきん》を狙う商売人なら、見逃す手はない。最初はそうおもっておったけどな、金儲けなんぞよりおもろいことに気づいた。それはな、ここにおる連中にとって、崇高《すうこう》な目的でもあるんや」

「崇高な目的だと」

腐りきった今の世をひっくり返し、世間から排除された者たちが政事《まつりごと》の中心に躍りでる。

「裏が表になって支配する世になれば、これほど痛快なはなしはなかろうが」

「ふん、莫迦らしい」

と、串部が悪態を吐く。

「絵空事《えそらごと》にしか聞こえへんか。わても最初はそうおもた。でも、段々に信じるようになったんや。サタンをな」

「サタン」

「デウスに逆らう悪の申し子や」

一度転んだ者はデウスから見放され、寄る辺《よるべ》なき川面を漂流するしかない。唯一、手を差しのべてくれるものがあるとすれば、それはデウスに逆らうサタンしかないと、元山師は強調する。

「大奥のお偉いお女中がな、サタンに魂を売ったんや」

「御年寄の山風だな」

「切支丹大名の末裔《まつえい》らしいで。嘘かまことかわからへんけどな、御先祖は転んで徳川の犬になりよった。本人も転びの血を継いだものの、あるとき、夢のなかでサタンのお告げを聞いたんやと。世に捨てられた者たちに拠り所を与え、鉄の山を我が物にせよ。碧い目の幼子を手に入れ、サタンの王にせよというお告げや」

「何だと」

「わてはな、千代田の御城が燃えたとき、ひと儲けしようと企んだんや。焼け太りを狙うたが、わてなんぞよりあくどいことを考える連中はおった。普請奉行の神林源之丞、御目付の久保寺助右衛門、勘定吟味役の篠山外記、獅子身中の虫どもや。わては虫どもの手足になって、あくどいことは何でもやった。ちょうどそんとき、山風さまに声を掛けられたんや」

札差になった銀兵衛のもとへ大奥から使いがあらわれ、日本橋の一等地にある山風の拝領屋敷に招かれた。

「鉄の山のお告げを聞いて、びっくりしたで。何せ、鉄の山のことは誰にも告げず、秘密にしておったからな。この方は本物や。サタンのお告げを信じれば、腐りきった今の世が浄化されるかもしれへん」

そうおもった銀兵衛は、碧い目の幼子を捜しはじめた。そして、上方から攫われた幼子が闇で売りにだされていると聞き、怪しい連中から高額でその子を買ったのである。

「まさに、天啓《てんけい》というやつや。あんた、その子を捜しておんのやろう。岩屋におるとでもおもうたか。ふふ、残念やったな。おなごの医者が産んだ子は、大奥の何処かに隠されておんのや。山風さまは鉄の山も秩父党も碧い目の幼子も手に入れた。それだけやない。わてのおかげで、虎狼痢の種も手に入れはった。医者の伴睦も仲間やし、伊賀者たちの一部も手懐《てなず》けておる。もう、恐いもんなしや」

銀兵衛は蔵人介の反応をみながら、得意げに喋りつづけた。

「金さえ積めば、たいていの役人どもは転ぶ。ほんでも、なかには転ばへんお偉方もおる。そいつらは、脅すしかない。最初は大筒で脅すつもりやったが、虎狼痢のほうが何倍も効き目がある。もうすぐ、誰も彼も山風さまに逆らえぬようになるで。将軍の座に座るのは、徳川の殿さまでも誰でもええのや。山風さまが操ることができさえすりゃええ。あと十年もすれば、碧い目の将軍さまが世のなかにお披露目となる。サタンの王や。山風さまは、サタンの生みの親となられるおひとなのや。ふふ、崇高な目的は金になるんやで。どうや、仲間にならへんか」

「仲間だと」

「山風さまが言うてはったわ。けっして日の目をみることのない鬼役なら、虐《しいた》げられた者たちの心情はわかるはず。洛北の山里に根を持つ家の者なら、徳川への忠誠など容易に捨てられようし、転びの血を引く者のお告げに耳をかたむけぬはずはないとな。くふふ、はぐれ者同士、仲良うしようやないか」

ようやく、誘われた理由らしきものがわかった。

「わかった」

意外にも諾《だく》すると、銀兵衛は少し驚いてみせる。

「ほう、はなしのわかる御仁やないか。ほなら今から岩屋へ行き、マリヤさまのまえで誓いを立ててもらわなあかん」

刺青の連中に前後を挟まれ、蔵人介と串部は岩山のほうへ向かった。

十一

茶色い山肌が剝きだしの岩山の入口は、太古《たいこ》のときよりぽっかり口を開けていたらしい。

串部は外に残され、蔵人介はひとりで銀兵衛の背にしたがった。

岩屋は細長く、奥へ進むごとに狭くなり、仕舞いには背を屈めねば通ることができなくなる。壁面は石灰質のようで、冷たい雨水で濡れており、足許にも踝《くるぶし》の下あたりまで水が溜まっていた。

行く手はぼんやりと明るく、松明《たいまつ》を点《つ》ける必要もない。

「もうすぐや」

銀兵衛のすがたが、ふっと消えた。

つぎの瞬間、忽然《こつぜん》と開けた場所へ行きついた。

天井の岩が一部割れており、一条の陽光が射しこんでいる。

ちょうど光の射すところに大きな黒い岩があり、岩のうえに聖像らしきものが置かれていた。

「マリヤさまや」

全身を黒いベールで隠されている。

「ふふ、わてらが崇めるのは黒マリヤさまでな。拝めばサタンのご利益《りやく》があるんや」

岩陰に何者かが蹲っていた。

「岩屋の番人や」

ゆらりと身を起こした巨漢は、片手に三叉槍を抱えている。

「名は万慶《ばんけい》。もう会《お》うたな」

こちらを睨みつける眸子《まなこ》はひとつ、それが顔のほぼまんなかにあった。

比叡山の山奥に棲むという「ひとつ目入道」のごときものであろうか。

「万慶は秩父党の首魁《しゅかい》や。怒らせたら、たいへんなことになるで」

万慶は山風に出会い、雷に打たれたような衝撃を受け、そのときサタンに魂を売ったのだという。秩父党の者たちはひとつ目の一族を神仏のごとく崇めており、一族の末裔である万慶の命に逆らう者はいなかった。

「さあて、誓ってもらおうやないか」

「どう誓えばよい」

事情がわかった今となっては、ふたりに引導を渡すことにいささかの躊躇《ちゅうちょ》もない。

蔵人介は一歩、二歩と近づいた。

「黒マリヤさまのまえで額《ぬか》ずいてな、わての言うたことばを繰りかえすのや。誓ったら最後、後戻りはでけへんで」

「わかった」

黒い岩のまえに身を寄せると、脇から万慶が近づいてくる。

銀兵衛は少し離れたところから、呪文のようなものを唱えはじめた。

声が小さすぎて、よく聞こえない。

ふうっと、銀兵衛は溜息を吐いた。

「もうええわ。立ちあがって、刀を抜いてみい」

抜き際の一刀で、万慶を仕留めることはできよう。

蔵人介は殺気を帯び、果敢に抜刀してみせる。

「うぬっ」

おもったとおりに手が動かない。

鳴狐の刀身が手から離れ、黒い岩に吸いついた。

つづけて脇差も抜いたが、同じように岩へ吸いよせられる。

——がちん。

まるで、糊《のり》で貼ったかのように岩にくっついた。

「ふひゃひゃ、引っかかりおった。その岩こそが秩父党の守り岩なのや」

岩そのものが強力な磁気を帯びており、鉄を吸いよせるのである。おそらく、山のいたるところに磁場があり、長い年月を掛けて鉄の山が形成されたのだろう。

「存外に間抜けやな。おまんは、御老中の阿部伊勢守さまからも一目置かれるほどの剣客やと聞いたで。しかも、近頃の幕臣にはめずらしく、義に厚いらしいのう。義に厚い侍で、確乎《かっこ》とした信念を持ってる。そないな人物がサタンを信じるはずはない。かならず邪魔になるゆえ、しっかり引導を渡してこいと、山風さまは言うてはった。これもお告げのひとつや」

蔵人介は万慶の手にした三叉槍をみた。

「ひゃはは、悪魔の持つ槍はな、青銅でできておんのや」

どうりで、岩に反応せぬはずだ。

「感心しておる場合か。万慶、殺れ」

「ぬえぃ……っ」

三叉槍の一撃に顔面を襲われた。

咄嗟に屈むと、刃風が髷《まげ》に触れる。

「やっ」

二撃目は横合いから、太い柄が頬桁《ほおげた》を襲ってきた。

反転しながら打裂羽織《ぶっさき》を脱ぎ、片手で腰の竹筒を取る。

竹筒を左手一本で青眼《せいがん》に構えると、万慶は鼻で笑った。

恰好の獲物を相手にして、遊んでいるのがわかる。

つぎの一撃が勝負だなとおもい、蔵人介は顎を引いた。

「万慶よ、手っ取り早く始末せんかい」

銀兵衛に煽られ、巨漢が頭上で三叉槍を旋回させた。

乾坤一擲《けんこんいってき》の一撃は、袈裟懸《けさが》けを狙ったひと振りだ。

——ぶん。

刃音が唸る。

蔵人介は半歩退がり、すっと竹筒を掲げた。
刹那、竹筒の先端が斜めに切断される。
蔵人介のからだも、一刀両断にされた。
と、銀兵衛にはみえたにちがいない。
だが、蔵人介は胸先一寸で躱している。
――ばっ。
宙に放られた打裂羽織が、万慶の頭をすっぽり包んだ。
蔵人介は低い姿勢で間合を詰め、飛蝗《ばった》のごとく跳躍する。
「覚悟せい」
竹筒を逆手に握り、打裂羽織に突きたてた。
――ぐさっ。
切断された竹筒は凶器と化し、羽織の上から万慶のひとつ目を貫く。
先端が後ろ頭から突きだしても、万慶は手足をばたつかせていた。
だが、抵抗はすぐに収まり、巨体は岩陰にくずおれてしまう。
「ひぇっ」
我に返った銀兵衛が、細い穴のほうへ駆けだした。

蔵人介は三叉槍を拾いあげ、無造作に投擲《とうてき》する。

「あぎゃっ」

銀兵衛は俯せに倒れ、ぴくりとも動かなくなった。

鋭利な三叉槍は、阿漕な商人の胴を串刺しにしていた。

「呆気《あっけ》ないものよ」

黒い岩のそばに歩みより、二刀を外して鞘に納める。

そして、蔵人介はマリヤ像を黒いベールごと引っこ抜いた。

鉄で造られていたなら、おそらく、外れなかったにちがいない。

マリヤ像は木製で、刳《く》りぬかれた岩に嵌《は》めてあった。

細い隧道《ずいどう》を戻り、岩屋の外へ飛びだす。

「大殿、ご無事でしたか」

嬉々《きき》として叫ぶ串部の背後には、額に刺青を入れた大勢の者たちが集まっており、敵意の籠もった眸子を向けてきた。

「頭《ず》が高い」

蔵人介は威厳のある声で発し、手にしたマリヤ像を掲げてみせる。

驚いた連中が地べたに這《は》いつくばった。

「サタンのお告げじゃ。銀の塔を破壊せよ。粉微塵《こなみじん》に爆破し、山から立ち去るのじゃ。お告げを守らねば、サタンの祟りがあろう。呪われたくない者は、山から一刻も早く立ち去らねばならぬ」

刃向かう者はひとりもいない。

末端まで「お告げ」が届けられ、半刻ほどのちには爆破の支度がととのった。

砲を撃つための黒色火薬が集められ、反射炉の底に塗《まぶ》されたのだ。

全員が高台に逃れていった。

五人ほどが弓を手にして並び、火矢を番《つが》える。

——びゅん、びゅんびゅん。

前触れもなく、火矢が放たれた。

多くは途中で下に落ちたが、一本だけ塔の先端に向かった矢があった。

その矢が反射炉のなかに消えた瞬間、凄まじい爆破が勃《お》こった。

——どどど、どどど。

雷鳴が鼓膜《こまく》を破り、足下の山は大揺れに揺れる。

蹲って耐えつづけ、蔵人介はおもむろに立ちあがった。

眼下に目を向ければ、塔は跡形《あとかた》もなくなっている。

背後の空には、夕照が赫奕《かくえき》と燃えていた。

「うわああ」

烏合《うごう》の衆《しゅう》と化した者たちが、叫び声をあげながら山を駆けおりていく。

いったい、あの者たちを結びつける絆《きずな》とは何だったのか。

絆など、なかったのかもしれない。山奥に拠り所となる銀の塔を建て、サタンなどという空想の産物を信奉することでしか、みずからの生きる意味を見出すことができなかった。そうであったとするならば、憐憫《れんびん》をかたむけるべき者たちのような気もする。

致し方ないとはいえ、報われぬ者たちへの仕打ちとしては過酷すぎたのかもしれないと、蔵人介はおもった。

いつの世も、許されざる者は高みに座り、純粋に寄る辺を求める者たちに虚言を弄し、まやかしのお告げを囁いて心を支配しようとする。

こたびの敵が大奥に座しているのは、火をみるよりもあきらかなことだ。

おそらく、山風は蔵人介が江戸へ舞いもどってくるとはおもっていまい。

「待っておれ」

正々堂々、真っ向から立ちむかい、首を獲って進ぜよう。

蔵人介は胸中につぶやき、杏《あんず》色の夕陽に背を向けた。

十二

四日後。

水涸《か》れの水無月《みなづき》、朔日《ついたち》は家々の軒から線香の煙が立ちのぼる。

富士山の浅間大権現《せんげんだいごんげん》に奉納する線香らしいが、曇り空の今日は千代田城の背後に流麗な神山の裾野《すその》をのぞむことはできない。

蔵人介は朝から笹之間に座っている。

約一年半ぶりになるが、そんな感じはしない。

やはり、ここが鬼役の居場所なのであろう。

もちろん、みずから毒味役を望んだわけではなかった。小納戸頭取の今泉に命じられ、仕方なく卯三郎の穴埋めをやりにきたのだ。蔵人介の帰還を祝うためなのか、床の間の花入れには合歓《ねむ》の花が飾られている。

「矢背さま、久方ぶりにござりますな」

相番の逸見鍋五郎は、さきほどから笑みを絶やさない。

蔵人介は会釈もせず、襟元から自前の竹箸を取りだした。

松葉《まつば》色の地に河骨紋《こうほねもん》の袷を纏《まと》い、熨斗目《のしめ》のついた中着は薄浅葱《うすあさぎ》色で揃えてある。

端然《たんぜん》と座るすがたは凜《りん》として、高名な絵師の描いた一幅《いっぷく》の絵のようでもあった。

音も無く襖が開き、若い配膳方が一の膳を運んでくる。

——ぶうん。

開いた襖の隙間から、一匹の蝿《はえ》が迷いこんできた。

眼前に飛ぶ蝿を、さっと箸先で摘む。

一瞬の出来事に、逸見も配膳方も目を疑った。

懐紙を取りだし、何事もなかったように箸ごと蝿を包む。

「さすが、矢背さま」

手を叩かぬばかりに賞賛されても、蔵人介は仏頂面《ぶっちょうづら》のままだ。

手にした椀から音を起《た》てずに汁を呑み、椀種の擂《す》り身《み》を新たな箸で摘む。

鯨《くじら》だな。

身を少しだけ舌に置けば、毒の有無はたちどころにわかった。

味噌は辛口の赤味噌、濃厚な旨味《うまみ》が引きたつ仙台《せんだい》味噌である。無論、汁の旨味や濃さはどうでもよい。鬼役の心懸けるべき大事はただひとつ、公方家慶に供される料理に毒が混入しておらぬかどうかを探ることだ。

小菜は鯛味噌入りの蒸しあげ、鯛の鱗《うろこ》とはらわたを除き、丸ごと蒸してから油で揚げた代物《しろもの》である。潤《うる》み朱《しゅ》の椀に盛られた椀盛りは、玉子しんじょ、蕨《わらび》、うす葛《くず》など、淡路《あわじ》焼きの小皿には小茄子《こなす》の浅漬けや白瓜《しろうり》の切漬けが載っている。

つづいて、二の膳も運ばれてきた。

吸物は花子巻鯛《はなこまきだい》、鯛の身を細く切り、花に見立てて巻きあげる。香物《こうのもの》は奈良漬《ならづけ》瓜《うり》、味噌漬蕪《みそづけかぶ》、篠巻菜《しのまきな》など、煮物は煮抜き豆腐、めずらしいところでは花菜がある。心が安らぐ野菊《のぎく》、酸味を楽しむ皐月《さつき》や躑躅《つつじ》、季節外れにおもわれるが、乾燥させた花を戻した花々も見受けられた。薺《なずな》の胡麻和えや菜《な》の花《はな》の塩漬け、利尿に効能がある辛夷《こぶし》の花や桃の蕾《つぼみ》、酒と醤油に梅干しをくわえて煮た蕗《ふき》の薹《とう》、疲労回復に効果覿面《てきめん》の木天蓼《またたび》の蕾など、唐土《もろこし》の「薬食同源」を体現したかのごとき献立である。

台引《だいひき》には大蒲鉾、焼物は掛《か》け塩鯛《しおだい》、中皿の肴は平目など、置合《おきあ》わせには定番の蒲鉾と玉子焼が並び、夏の鳥は鷺《さぎ》と頬白《ほおじろ》の炙り焼きであった。さらに、お壺は鱲子《からすみ》、猪口は小鮒《こぶな》の甘露煮に昆布《こぶ》巻きの煮浸しと、いちいちあげていけばきりがなかろう。

もちろん、家慶はすべてに箸をつけるわけではない。

だが、鬼役はすべてに箸をつけねばならなかった。

月初めの式日《しきじつ》ゆえに、朝餉《あさげ》の膳にも鯛の尾頭付きが飾りで供される。

箸をつけぬとわかっていても、骨取りと毒味を手際よくこなさねばならない。

蔵人介は淀みない仕種で苦も無く骨取りを終え、仕上げに出された茶と落雁《らくがん》の毒味も済ませた。

「お見事でござる。惚れ惚れいたしましたぞ」

毒味をしてもいないのに、逸見はほっと安堵の溜息を吐く。

「御小納戸の連中はもちろん、御小姓たちも噂しております。本物の鬼役が笹之間に戻ってまいったと」

卯三郎のことをおもえば、嬉しいはなしではない。

蔵人介は眉ひとつ動かさず、箸をことりと置いた。

「ご子息が毒を盛られて以来、われわれは生きた心地がいたしませぬ。文字どおり、俎板《まないた》の鯉《こい》の心境でござる。矢背さまにお戻りいただき、どれほど心強いことか」

もうひとこと何か囀《さえず》ったら、脇差を抜いてもよかろう。

殺気を感じたのか、逸見は口を噤《つぐ》む。

朝餉の毒味を終えると、蔵人介は席を立った。

音も無く部屋を出て、御座之間《ござのま》のほうへ向かう。

御座之間の脇を通って萩之廊下《はぎ》を渡ったさきへは、公方の身のまわりの世話をする小姓や小納戸でなければ踏みこんではならない。

誰にも気づかれぬように、蔵人介は気配を殺して長い廊下を進んだ。

家慶は最奥の御小座敷《おこざしき》で朝餉をとるが、その前に寝所の御休息之間《ごきゅうそく》で顔を洗ったり、うがいをしたり、手先の器用な小姓や小納戸に月代や顔を剃ってもらう。

さらに、朝の触診があった。

小姓の「もう」という合図で隣部屋に待機していた奥医師たちがぞろぞろあらわれ、御膳番の案内で家慶の御前に這ってすすむ。この際、顔をあげずに手だけを持ちあげ、御前に行きついたら、左右からふたりの匙医《さじい》が家慶の交差させた手脈に触れた。同じ手順で脈診が三度おこなわれたのち、本道《ほんどう》の匙医でいちばん偉い者が家慶の袖口から手を入れて腹に触れる。

この名誉ある役目を与えられているのが、奥医師筆頭の胡桃沢伴睦であった。

「もう」

終わりの合図が廊下にも聞こえてきた。

奥医師たちが滞りなく触診を済ませ、上下段三十六畳敷きの御休息之間から入側《いりかわ》へ出てくる。入側から萩之廊下を渡ってこちらに向かってくるのだが、どうしたわけか、先頭の伴睦だけが腹を押さえて前屈みになった。

後ろの連中をさきに行かせ、ひとりでのろのろ歩いてくる。

読みどおり、頃合いよく腹に強烈な痛みが走ったようだった。

伝蔵に頼み、朝餉の汁に腹下しの薬を混入させておいたのだ。

「苦しいのはここからだ」

蔵人介はつぶやいた。

小姓たちの人影がないのを確かめ、物陰からすっと離れる。

廊下のまんなかに進み、壁のように立ちふさがった。

伴睦は脂汗を掻きながら、あたふた近づいてくる。

脇を通りぬけ、厠に直行したいはずだった。

「……ど、退け、退いてくれ」

蔵人介は肩を摑まれても、根が生えたように動かない。

「四年前、多喜というおなごに不義をはたらいたな」

やにわに発し、鋭い眼差しで睨みつけた。

「さっさとこたえれば、ここを通してやろう」

「……は、はたらいた。おなごの医者を手込めにした……さ、されど」

「されど、何だ」

「……し、仕込んだ胤《たね》はわしのではない……ご、権大納言《ごんだいなごん》さまのお胤だ」

「まことか」

権大納言斉順《なりゆき》は、紀州《きしゅう》徳川家の当主である。前将軍家斉の七男で、家慶の異母弟にあたり、場合によっては将軍になるかもしれぬ人物だった。側室と同衾《どうきん》させずに医者が胤だけを仕込む手法は禁じられているはずだが、伴睦はどうやら興味本位でとんでもない禁じ手を多喜に試したようだった。

御年寄の山風はその事実を知ったからこそ、将軍の血が流れる碧い目の幼子を手に入れようとしたのかもしれない。

「とんでもない医者だな」

蔵人介は、ぎりっと奥歯を噛んだ。

「おぬしが虎狼痢《コロリ》の種を撒いたのか」

「……て、手加減したのだ、赦《ゆる》してくれ」

「今は誰の手にある」

「……さ、坂巻が粉を所持しておろう」

「伊賀吟味役の坂巻小五郎か。なるほど、あやつは山風の僕《しもべ》なのだな」

「……そ、そうだ。頼む……い、行かせてくれ」

「いいや、まだだ。おぬしが息子に毒を盛ったのか」

「……わ、わしが御番医に指図した……た、頼む……か、堪忍してくれ」

伴睦は腹を押さえ、その場に這いつくばった。

蔵人介は身を寄せ、軽く脇腹を蹴りつけてやる。

「ぬふっ」

伴睦はからだを弛緩《しかん》させ、つぎの瞬間、廊下に汚物をぶちまけた。

蔵人介は鼻と口を押さえ、小姓たちを呼びつける。

「各々方《おのおのがた》、一大事にござる」

小姓や小納戸が部屋から飛びだしてきた。

公方も渡る御廊下は、凄まじい悪臭に包まれている。

「いかがされた」

問われても、蔵人介は首をかしげるだけだ。

袖で顔を隠しているので、誰かはわかるまい。

「さあ、知らぬ。この者が粗相《そそう》をしたようでな」

萩之廊下に糞尿《ふんにょう》をぶちまけた以上、どのような言い訳も通用しない。

極悪な奥医師は即刻、首を刎《は》ねられるしかなかろう。

蔵人介はくるっと踵《きびす》を返し、滑るように廊下を去った。

「残るは大奥」

裏御用の仕上げは、昼餉の毒味を済ませてからになろう。

今宵、家慶は大奥で夕餉をとるので、毒味も大奥で別の者がおこなう。

伴睦を葬った以上、目の届かぬところで凶行がなされるかもしれず、鬼役としては命を賭して公方を守らねばならない。

男子禁制の大奥へ潜入するには、水先案内がどうしても要る。

「伝蔵よ、何処におる」

蔵人介は御膳所の脇を通り、奥の厠へ向かった。

臭気が不得手だと言いつつも、いざというときは潜んでくれているにちがいない。

厠のほうへ近づいてみると、期待したとおり、奥の暗がりに公人朝夕人らしき気配が佇んでいた。

十三

大奥への潜入は容易ではない。

まず、伊賀者が目を光らせる御広敷口からは無理で、一之側《いちのかわ》から四之側まである長局《ながつぼね》の床下をたどるしかなかった。しかも、身分の低い女中たちが起居《ききょ》する北端の四之側から潜入し、身分の高い御年寄たちが暮らす東一之側までたどりつかねばならない。

床下の底板は簀子《すのこ》状で中央が割れており、足下には大下水《おおげすい》が流れている。多門《たもん》たちが水汲みに使う通路でもあり、蔵人介でも屈んで進める程度の高さはあった。ただし、隠れるところがないため、多門たちにみつからぬように長い床下を屈んだ姿勢で走破せねばならぬ。

「まいりましょう」

伝蔵は平然と告げるや、薄暗い隧道のなかへ潜りこんでいった。

蔵人介もつづく。

「ここからさきは脇目も振らず、ひたすら駆けるのみ。されば」

伝蔵は駆けだした。

跫音《あしおと》も起《た》てずに進むすがたは、大下水に放たれた鯉のようだ。

蔵人介も遅れまいと、必死の形相で追いすがる。

しばらくすると、東端にたどりついた。

物陰に張りつくや、玄蕃桶を担いだふたりの多門が床下に潜ってきた。

息を詰めてやり過ごし、ほっと安堵の溜息を吐く。

本丸大奥に御年寄は六人いるので、東一之側には六つの部屋が横に並んでいた。どの部屋も二階建てで広さは七十畳ほど、釜焚きの湯殿と炊事場を除いた部屋数は十余りあり、十五人ほどの部屋方が起居している。入側の天井からは網代《あじろ》駕籠が吊るされており、その上には物干し場などもあった。軒から軒へは侵入者除けの金網が張られているため、やはり、床下から侵入するしかなかろう。

御年寄と局《つぼね》が代参《だいさん》などで外出する際は、幅一丈《じょう》六尺《しゃく》（約四・八メートル）ほどの出仕廊下を駕籠で担ぎだされる。隣部屋とは杉戸で仕切られ、局同士の交流はまったくない。鼻持ちならぬ御殿女中たちは何かにつけて張りあい、嫉《そね》みや妬《ねた》みが日常茶飯事になっていた。

東一之側のどの部屋へ侵入すればよいか、伝蔵は正確に把握している。

「東端から二番目にござる。こちらへ」

一之側の床下へ潜りこみ、しばらく進んで上板を外す。

首を出したところは、山風の部屋の湯殿らしかった。

はたして、山風は居間にいるのかどうか。

役目に勤しむ刻限は疾《と》うに過ぎていたので、九割方、執務をおこなう千鳥《ちどり》之間から戻っていると考えてよい。残り一割の懸念《けねん》は、相手がこちらの動きを察し、罠を張っているかもしれぬということだ。

伝蔵につづいて、蔵人介も湯殿に立った。

耳を澄ませても、物音ひとつ聞こえない。

怪しいな。

伝蔵と顔を見合わせた。

突如、殺気が立ちのぼる。

――ひゅっ。

手裏剣が頬を掠《かす》め、柿色装束の忍びが飛びこんできた。

伝蔵は身を屈め、背後から蔵人介が水平斬りを繰りだす。

――きゅいん。

鳴狐の刃音とともに、忍びが俯《うつぶ》せに斃《たお》れた。
伝蔵は簀子《すのこ》のうえを転がり、渡りへ飛びだす。
蔵人介もつづこうとしたとき、天井から網代駕籠が落ちてきた。
――どしゃっ。
どうにか、難を逃れる。
濛々《もうもう》と埃《ほこり》が舞うなか、伝蔵のすがたを見失った。
――きいん。
刃と刃がぶつかる金音だけ聞こえてくる。
気配もなく、左右から忍びが襲ってきた。
「ふん」
右のひとりを袈裟懸けにし、左の忍びは切っ先で首筋を切断する。
ぱっと血飛沫が飛び交うなか、蔵人介は右手の相之間《あい》へ躍りこんだ。
すっと、足許の畳が落ちる。
落下する寸前、斜めに跳躍した。
落とし穴の底には、槍衾《やりぶすま》が敷かれている。
廊下の床板に転がり、階段のしたに隠れると、隙間から手槍《てやり》の穂先が伸びてきた。

「くっ」

けら首を素手で摑み、手槍を奪う。

背を見せた忍びに向かって、階段脇から手槍を投げた。

「はぐっ」

倒れた忍びの背後から、新手が襲いかかってくる。

三人をどうにか始末し、次之間へ飛びこんだ。

居間のようだが、山風のすがたはない。

正面の襖が左右に開き、隣の客間から矢が飛んできた。

三人の忍びが横一線に並び、矢継ぎ早に矢を射掛けてくる。

——ばすっ、ばすばす。

咄嗟に畳を剝がし、盾にするしかなかった。

「うっ」

「ぬぐっ」

呻き声につられて畳を倒すと、伝蔵がこちらに歩いてくる。

どうやら、矢を放った連中を仕留めてくれたらしい。

「やはり、罠を張っておりましたな。坂巻小五郎の配下にござりましょう」

「坂巻は」

「おそらく、上に」

伝蔵は天井を睨みつける。

「かなりの手練《てだれ》と聞いたが」

「一刀一殺、微塵《みじん》流の遣《つか》い手《て》にござります」

蔵人介はうなずき、階段に近づいた。

「それがしが、さきにまいりましょう」

伝蔵は言うが早いか、階段を上りきる。

蔵人介もつづいた。

身構えても、襲撃はない。

二階の部屋は二間つづきで、緋牡丹《ひぼたん》の描かれた四枚襖で仕切られている。

奥の部屋に殺気がわだかまっていた。

伝蔵は駆けよせ、襖を蹴破ってみせる。

床の間を背にして、坂巻小五郎が立っていた。

伝蔵は横に外れ、蔵人介が対峙する。

「坂巻よ、罠を仕掛けたつもりか」

「ふふ、さすが鬼役、よくぞ生きてたどりついたな」

「山風は」

「千鳥之間よ」

「幼子もいっしょか」

「さあ、知らぬ。どっちにしろ、わしを斃《たお》さぬかぎり、たどりつけぬぞ」

「虎狼痢の粉は、おぬしが持っておるのか」

「山風さまだ。されど、すでに手を離れておろう。くく、夕餉《ゆうげ》の御膳が楽しみだ」

「上様の御膳に粉を入れたと申すか」

「たぶんな」

「何故、山風に靡《なび》いた」

「きまっておろう、金になるからよ。古来、忍びは金で動く。徳川への忠義なんぞ糞食らえだ」

「かえって、清々《すがすが》しい物言いだな」

「わからぬのはおぬしだ。徳川にさして恩もないのに、何故、忠義を尽くそうとする。みずから毒を啖《くら》い、何故、命を賭《と》してまで闘おうとするのだ」

「忠義で動いておるのではない」

「ならば、何だ。おぬしを衝《つ》き動かすものとは」

悪辣非道《あくらつひどう》な輩《やから》は許すべからず、という信念であろうか。

何度もおのれに問うてきたが、明確なこたえはない。

蔵人介は返答もせず、ゆっくり間合を詰めた。

坂巻は身を屈め、二尺に足りぬ忍び刀を抜きはなつ。

一刀一殺を旨《むね》とする微塵流の奥義《おうぎ》は、切っ先を返して真横から胴を薙ぐ水平斬りにある。入《い》り身《み》で急所を突く技もあるが、いずれも相手の一刀を受けない。斬られても突かれても、同時に相手を仕留めようとする。すなわち、死に身で懸《か》かる勇気こそが試される一戦であった。

蔵人介はいつもどおり、愛刀を抜かない。

鞘《さや》の内で勝負を決めるのが田宮流の居合であった。

相手にとって気になるのは、異様な柄《つか》の長さだろう。

「まいる」

蔵人介は歩幅を縮め、前傾で迫った。

撃尺《げきしゃく》の間合でも抜かぬゆえ、坂巻は先手を取るしかない。

「やっ」

わずかに遅れて抜くのが居合の鉄則。
それにしても、抜くのが遅すぎる。
坂巻は入り身で迫った。
「もらった」
おもわず漏らした瞬間、蔵人介の握る柄の目釘《めくぎ》が弾けた。
――しゅっ。
八寸の仕込み刃が飛びだす。
一閃、坂巻は頭頂《とうちょう》を削《そ》がれた。
――すぱっ。
月代が皿のように飛び、天井にぶつかって畳に落ちる。
坂巻小五郎は天蓋《てんがい》から鮮血を噴きあげ、どっと床の間に倒れていった。

十四

千鳥之間は東一之側に近い。
床下から入側に顔を出し、容易に部屋へ忍びこんだ。

白い合着《あいぎ》に黒い打掛《うちかけ》を纏《まと》った下げ髪の山風は、ひとりで上座に端然と座っている。さすが、十万石の大名と同等の格式を与えられているだけあって、堂々とした物腰にほかならない。

蔵人介は大股で近づき、五間《けん》（約九・一メートル）の間合で足を止める。

「矢背蔵人介か。まあ、座るがよい」

それでも座らずにいると、山風は袖を口に当てて笑った。

「ほほほ、遠慮いたすな。罠はもうない」

言われたとおり、蔵人介は左脇に刀を置いて正座する。

「よい面構《つらがま》えをしておる。わらわを阻む者があるとすれば、おぬしをおいてほかにはおらぬとおもうておったわ」

「貴女は何者なのだ」

「存じておろう。転びの血を引く僕《しもべ》じゃ」

「サタンなるものの僕か」

「さよう、デウスを奉じられぬ者にとって、唯一の拠り所はサタンしかおらぬ。世に災厄をもたらすのがサタンの御心。虎狼痢の種をばらまくのも僕たる者の役目にほかならぬ」

「何故、サタンなんぞに魂を売ったのだ」

「一部の者だけが贅沢をし、多くの者たちは困窮を強いられる。かような腐りきった今の世におさらばしたい、その一念よ」

山風は宙をみつめ、嗄《しゃが》れた声で呻くようにつづける。

「御城をみれば、ようわかろう。公方は酒を喰うだけの能楽者《のうらくもの》、大奥のおなごどもは口喧《やかま》しいだけの金食い虫じゃ。腰抜けの重臣どもは仁政どころか、異国の圧力に為《な》す術《すべ》もない。役人どもは出世争いに心血を注ぎ、御用商人どもはあくどく儲けることとしか考えておらぬ。市井にはいまや、陳腐《ちんぷ》な政事への不平不満が溜まっておる。すべては、二百有余年におよぶ徳川の栄華《えいが》がもたらした人災じゃ。わらわはな、幕府を意のままに操り、不遇《ふぐう》を託《かこ》ってきた者たちの復権を目論《もくろ》んでおるのよ。それこそがサタンのお告げでもある。どうじゃ、おぬしも僕にならぬか」

魔が憑《つ》いたとしかおもえない。

「嫌なのか。ふふ、おぬしは何故に、公方を守ろうとするのじゃ。侍としての忠義か、それとも意地か。それが正しい道だなどと、心の底からおもうておるのか。正義は両刃《もろは》の剣ぞ。虎狼痢や鉄の大筒がなくとも、早晩、徳川の世は終わる。徳川のつくった枠から外れた有象無象《うぞうむぞう》の者たちが、一斉に叛乱《はんらん》を起こすのじゃ。混沌《こんとん》とした世になれば、正義なんぞは何の意味もなくなる。徳川の秩序に縛られているかぎり、おぬしの生きる道はない。それでも、わらわを成敗すると申すのか」

成敗すると、無言で伝えた。

山風は悲しげな顔になり、すぐさま、眦《まなじり》を吊りあげる。

「おぬしにはできぬ。わらわが死ねば、公方に毒が盛られよう。虎狼痢じゃ。ふふ、どういたす。わらわの首を獲り、その足で注進いたすのか。ここは大奥ぞ。御小座敷へたどりつき、毒のはいった御酒《ごしゅ》を見分けられたとしても、大奥の秩序を破ったおぬしは首を刎ねられるしかない。救いようのない公方の命を救うことで、みずからが命を失うのじゃぞ。おぬしに、その覚悟があるのか」

もはや、問答をする必要もなかった。

「碧い目の幼子は何処におる」

ふいに問いを投げかけると、山風はちらりと脇をみた。

薄墨で白象の描かれた屏風が、ひっそりと立てまわされている。

そこか。

仁の行方がわかった以上、山風に用はない。

蔵人介は立ちあがり、上座に近づこうとした。

「寄るな。寄るでない」

山風は懐剣を取りだし、白い喉にあてがう。

「鬼役め、後悔いたすぞ」

捨て台詞とともに、ものの見事に喉笛《のどぶえ》を搔っ切った。

虚しい気持ちに駆られながら、蔵人介は屏風に近づく。

脇から覗くと、多門らしき若い女中が蹲《うずくま》っていた。

幼子を抱いている。

眠ってはいるものの、仁にまちがいあるまい。

多門は震える手で短刀を握り、小さな胸を突こうとしている。

まんがいちのときは、幼子の命を奪えと命じられていたのだろう。

「できるのか」

と、蔵人介は声を荒らげた。

「おぬしに、さように罪深いことができるのか。その子を死ぬおもいで捜しつづける母がおるのだぞ」

噎《むせ》び泣く多門の手から、短刀が転げおちた。

蔵人介は仁を抱きあげ、気配もなく背後に控えた伝蔵に手渡す。

「その子を頼んだぞ」

「はっ」

蔵人介には、もうひとつやらねばならぬことがある。

「早まってはなりませぬぞ」

伝蔵は籐籠を渡そうとした。

なかには、鼠が一匹はいっている。

「大奥にも鼠はおります」

伝蔵の眸子は、あきらかに潤んでいた。

蔵人介の死を予感したのであろう。

それでも、行かねばならぬ。

入側で左右に分かれ、蔵人介は右手の細い廊下を進んだ。

行く手の左角にある御鈴番所《おすずばんしょ》を通りぬければ、そのさきに御小座敷がある。

もうすぐ、毒味を終えた夕餉の御酒と御膳が公方に供されるであろう。

そのまえに注進し、御酒のいずれかに虎狼痢の粉が混入されているのを証明してみせねばならぬ。

証明できねば、確実に極刑が下されよう。

証明できたとしても、命の保証はない。

何しろ、ここは男子禁制の大奥なのだ。元鬼役ごときが勝手に出入りしてよい場所ではなかった。

蔵人介は御鈴番所の手前で足を止め、暗がりに身を隠す。

すると、御膳方の小姓たちが御酒と御膳を運んできた。

毒を入れるとすれば毒味が終わったあと、長いこの廊下を渡っているときにちがいないと読んでいた。

かならず、小姓のなかに山風に言いふくめられた間者《かんじゃ》がいるはずだ。

御酒と御膳を運ぶ紅葉髷の小姓が三人、縦に並んで近づいてきた。

蔵人介はじっと目を瞑《つむ》り、黒八丈《くろはちじょう》を纏った三人の呼吸を探る。

一番後ろの小姓だけは、わずかに呼吸が乱れていた。

あやつか。

目を開け、気づかれぬように、三人の背に従《つ》いて廊下を渡った。

後ろに従かれた小姓たちのみならず、御鈴番すらも気づかない。

蔵人介は影のように、上御鈴廊下へと進んでいった。

襖を開けたさきが、公方の寝所ともなる御小座敷である。

内部の構造は、頭のなかにくっきりと描くことができた。

襖を開けてすぐに弐拾畳《にじゆうじよう》之間があり、さらにその奥が御膳を運ぶ御上段であった。

御上段は西側に床の間と違棚《ちがいだな》を備えた十畳部屋で、南北を一間《けん》幅の入側に挟まれており、奥の西側には女官たちと寛《くつろ》ぐ蔦《つた》之間がある。

御上段だけは別格の造りで、弐拾畳之間や入側との境は蹴《け》込《こ》みの小壁があるほど床が高い。東と南北の面には框《かまち》を黒漆《くろうるし》で塗った腰障子があり、床の間の張付壁には墨絵泥引きで竹と鶴が描かれていた。障壁画はすべて、狩野《かのう》派の御用絵師によるものだ。天井は金箔押し蝶文様《ちょうもんよう》の唐紙《からかみ》を貼った鏡天井《かがみてんじょう》で、天井下には蟻壁《ありかべ》がめぐらされ、長押《なげし》は三重になっている。

五年余りまえに御台所《みだいどころ》が逝去して以降、夕餉の相手は定まっていない。御側室以外には多くの場合、上臈御年寄の姉小路が御膳をともにしていた。

小姓たちは襖を開け、弐拾畳之間へ踏みこんでいく。

面前で襖が閉められるや、間髪《かんはつ》を容《い》れず、蔵人介は襖を開けた。

御上段とのあいだの襖は開いており、上座でふんぞり返る家慶のすがたがみえる。

かたわらに侍《はべ》るのは御側室ではなく、褥《しとね》をともにしたとも噂される姉小路であった。

運がよい。姉小路とは面識がある。おそらく、こちらの意図を察してくれるにちがいない。もちろん、家慶にも目見得《めみえ》したことはあるが、おぼえている保証はなかった。

家慶と姉小路の膝前に、輪島塗《わじまぬり》の懸盤《かけばん》が並べられていった。

さらに、御酒を入れた銚釐《ちろり》が置かれたところで、蔵人介は腹の底から声を張ってみせる。

「しばし、お待ちくだされ」

同時に、中腰で滑るように畳を進む。

御上段の手前まで近づいても、誰ひとり声を発しない。

呆気に取られているのだ。

「……ぶ、無礼者」

ようやく、姉小路が叫んだ。

「ここは男子禁制の大奥ぞ」

「お叱りを覚悟でまいりました」

「おぬし、矢背蔵人介か」

「はっ」

さすが、姉小路は察しがよい。

ぼけっとした家慶に向きなおる。

「上様、この者は御本丸の鬼役にござります。御膳に毒が盛られておるのやもしれませぬ。のう、矢背よ、そうなのであろう」

「ご明察《めいさつ》にござりまする。毒は御酒を入れた銚釐のいずれかに」

「どの銚釐じゃ。おぬし、毒が入れられたと証明できるのか」

「できまする」

「ならば、やってみせよ」

「はっ、恐れながら、こちらを使わせていただきまする」

後ろに隠した籐籠から、蔵人介は鼠を摑んで取りだした。

「ひゃっ」

側室や小姓たちは仰天《ぎょうてん》し、腰を抜かす者まである。

「狼狽《うろた》えるでない」

びしっと、姉小路が釘を刺した。

「ご無礼つかまつりまする」

蔵人介は御上段の框を踏みこえ、さきほどの小姓が置いた銚釐の把手《とって》を掴む。

少量を盃に注ぎ、鼠に嘗めさせた。

すぐさま、鼠は腹を晒してみせる。

「死んだのか」

「はい。毒は虎狼痢にござりまする」

「何じゃと」

「御膳はすべて、おさげいただくのが肝要《かんよう》かと」

そうした会話を交わしていると、小姓のひとりがぎゅっと舌を噛んだ。

「うわっ、こやつめ、舌を噛んだぞ」

「その者が毒を入れたのでござりまする」

姉小路は立ちあがった。

「上様を中奥へお連れせよ。早うせい」

蔦之間の小姓たちに指図すると、家慶はあたふたとしながらも連れだされていった。

公方が眠る御小座敷には、小姓ひとりと鼠一匹の死骸だけが残されている。

姉小路は平伏す蔵人介に身を寄せ、上から見下ろした。

「矢背よ、後始末を頼む」

「はっ」

「おぬしの始末は、追って沙汰いたす」

「承知いたしました」

衣擦《きぬず》れの音も騒々《そうぞう》しく、姉小路は弐拾畳之間から上御鈴廊下へ逃れていった。

これでよいと、蔵人介は胸中につぶやく。

——おぬしは何故に、公方を守ろうとするのじゃ。

耳に甦ってきたのは、山風の問いかけだった。

忠義でも意地でもない。ただ、おのれの選んだ道に忠実でありつづけたいだけだ。

無論、いつなりとでも、死ぬ覚悟はできている。役目を果たしたと納得できれば、どのような裁きも甘んじて受けよう。

蔵人介はいつになく、清々しい気分に包まれていた。

十五

十日経っても、御沙汰は下されてこない。

勝手に謹慎するわけにもいかず、蔵人介は御納戸口のそばにある控え部屋に出仕していた。

別にやることはないのだ。快復を遂げた卯三郎は、すでに笹之間へ復帰している。どのような御沙汰が下されてもかまわぬが、宙ぶらりんのままで放っておかれるのは迷惑なはなしだ。

だいいち、鐵太郎が動こうにも動けなかった。

用事が済んだら早く大坂へ戻ってこいと、師匠の緒方洪庵に言いふくめられてきたのである。

遠山の口添えもあって種痘の嘆願書は公儀に受理され、洪庵に託された役目は果たした。牛を使った種痘術が人々の理解を得るのは難しく、即座に幕閣の重臣たちを動かすまでにはいたるまい。種痘に理解のある福井藩や佐賀《さが》藩などにもお願いし、種痘所の開設を急がねばならぬのはわかっているものの、いまだ道半ばの感は否めなかった。

子どもたちが疱瘡《ほうそう》の呪縛《じゆばく》から逃れるためには、蘭学に精通する幕府高官の登場を待たねばと、鐵太郎は嘆いてみせたが、おそらく、そのとおりなのだろう。

一方、浦賀に近い小さな漁村に端を発した虎狼痢騒ぎは収束をみたが、新たな波はいつまた襲ってこないともかぎらなかった。不幸にも何処かに持ちこまれた疫病を拡散させるのは、人々の忘却と油断にほかならない。いずれにしろ、力のある蘭方医が上に立たねば、疫病に対処する術は失われよう。

鐵太郎は大坂に戻り、力量をいっそう磨かねばならない。

別れは辛いが、いつまでも引き留めておくわけにはいかなかった。

「父上のことが定まるまでは、江戸を離れるわけにはまいりませぬ」

鐵太郎は殊勝《しゆしよう》なことを言ってくれるが、蔵人介は自分のせいで誰かの行動を制限したくないのだ。

焦りを感じはじめたところへ、遠山がひょっこり顔をみせた。

「ふう、茹《う》だるような暑さだぜ」

瑠璃《るり》色の派手な裃《かみしも》を脱ぎ、中着の襟をはだけてみせる。

白檀《びやくだん》の扇子《せんす》を開いてぱたぱたやりながら、暢気《のんき》な顔で喋りはじめた。

「鬼役は不問《ふもん》に付すだとさ」

「えっ」

「困っているだろうとおもって、伊勢守さまに伺ったのよ。鬼役の処分はどうなりましょうとな。そしたら、上様や姉小路さまに伺っても藪蛇《やぶへび》ゆえ、こっちで勝手に決めよと仰せになった」

「そんな」

「どうせ、忘れておるのさ。あるいは、忘れたふりをしてくださっておるのか。伊勢守さまが決めたことなら、姉小路さまもいちいち文句は仰せになるまい。おぬしのおかげで上様は命拾いされたのだしな。もちろん、褒美《ほうび》は出ぬ。不問に付すとは、すべてがなかったことにされるってはなしだ」

と、そこへ、坊主の宗竹がやってきた。

「ご無礼つかまつります」

手には大きな西瓜《すいか》をぶらさげている。

「御奉行さま、御膳所よりご注文のお品をお持ちいたしました」

「おう、持ってきたか。よし、この三徳《さんとく》庖丁で六つ切りにいたせ」

「はは」

遠山はどうやら、御膳所からわざわざ三徳庖丁を拝借してきたらしい。

宗竹は命じられたとおり、西瓜を六つに切りわけた。

遠山は断片のひとつに手を伸ばし、勢いよくかぶりつく。

「くふう、美味《うめ》え。さあ、食ってくれ。宗竹、おぬしも食え」

「かたじけのう存じます」

宗竹も西瓜にかぶりついた。

蔵人介も仕方なく、切りわけたひとつを手に取る。

「甘くて美味えぜ。そいつはな、おれからの褒美だ」

喜んでよいものかどうか、整理できぬままにかぶりつく。

美味い。さすが、献上の品だけはある。

西瓜をすべて平らげると、遠山と宗竹はいなくなった。

蔵人介はいつもより早めに下城し、家で不安げに待っている連中に格別な処分はなかったと伝えた。

鐵太郎も喜んでくれたが、明日には江戸を発たねばならぬと言う。

淋しそうな幸恵の横顔が憐れでならなかった。

「多喜どののことは、どういたすのじゃ」

誰もが懸念《けねん》していたことを、志乃が口にする。

「さあ、わかりませせぬ」

と、鐵太郎は煮えきらぬ顔でこたえた。

多喜はようやく再会できた仁とともに、車善七のもとにいた。せめて、いっしょに大坂へ戻らぬかと声を掛けておけばよいのに、鐵太郎は恐がって何もせずにいる。

「拒まれるのが恐いのか。おぬし、多喜どのを好いておるのであろう」

志乃は叱りつけるように言い、こたえあぐねる孫の様子に溜息を吐く。

「今から使いを出し、出立《しゅったつ》の刻限だけでも報せておくがよかろう」

「お婆さま、多喜どのが来てくれぬときは、どういたせばよいのです」

「あきらめよ。ひとりでとっとと、大坂でもどこでも行けばよい」

志乃はあくまでも、突きはなした物言いをする。淋しいのだ。どうにかして、孫の願いをかなえてやりたいのであろう。

出立の時刻を報せる使いは出した。

だが、翌朝、多喜はすがたをあらわさなかった。

笹之間へ出仕せねばならぬ卯三郎と妊婦の香保里を除いて、ほかのみなで相模国との国境まで鐵太郎を見送ることになった。

六年前に鐵太郎を見送った権太坂へ向かうのだ。

日本橋から保土ヶ谷宿までは八里九丁（約三三キロ）、六郷《ろくごう》川の川越えもふくめれば、一日で踏破《とうは》するには厳しい道程ではある。それでも、矢背家の面々は炎天のなかを汗だくになって進み、保土ヶ谷宿で無事に一夜の宿をとった。

吾助とおせきも荷物持ちで従いてきたが、何故か、串部だけは昨晩のうちに何処かへ消えていた。志乃は「最初から勘定に入れておらぬゆえ、案ずるな」と、気にする素振りもみせない。串部には幼い頃からずいぶん世話になったので、鐵太郎は少しばかり淋しい気もしたが、いよいよ、今日はみなと別れねばならぬため、気持ちを強く保たねばとおもいなおした。

みなで朝餉をとり、草鞋《わらじ》の紐を結んで旅籠《はたご》を出立した。

今日も朝から、夏の陽光が容赦なく降りそそいでくる。

棒鼻を過ぎれば、旅人泣かせの長い権太坂の上りがつづいた。

上らずともよいのに、みなは別れを惜しんで坂を上りつづける。

黙々と急坂を上りつめ、峠の茶屋へ身を投げだした。

竹筒の水も尽きていたので、鐵太郎は喉が渇いて仕方ない。

ほかにも旅人の気配はあったが、挨拶をする気力も失せ、床几《しょうぎ》に座った途端にうなだれた。

「若、こんなところでへこたれてどうなさる」

突如、聞き慣れた声が耳に飛びこんできた。

「……く、串部か」

「お待ち申しあげておりましたぞ」

六年前とまったく同じだ。

顔を持ちあげると、串部の後ろから多喜があらわれた。

何と、幼い仁の手を繋いでいる。

「さあ、ご挨拶しなさい。あちらのお方が、あなたのお父上になるお方よ」

「えっ」

鐵太郎は阿呆顔になる。

「ひゃはは、うつけ者め」

志乃が腹を抱えて笑う。

蔵人介と幸恵も笑った。

みな、心の底から嬉しそうだ。

「まさか、みなでわたしを嵌《は》めたのですか」

鐵太郎は怒ってみせる。

されど、すぐに相好《そうごう》をくずした。

破顔《はがん》しながらも、涙が溢れてくる。

みなの心遣いが嬉しかった。何よりも信じられないのは、多喜に恋情が伝わっていたことだ。これが夢なら醒めずにいてほしいと願った。

「よかったね、鐵太郎」

幸恵も笑いながら泣いている。

みなに感謝された多喜も、目に涙を浮かべていた。

「母上、どうして泣いているの」

碧い目の仁が不思議そうな顔をする。

「悲しいときだけではなく、嬉しいときも涙は出るのですよ」

志乃が身を屈め、仁の頭を撫でてやった。

幸恵は鐵太郎に身を寄せ、腹巻きを差しだす。

「みなからの餞別《せんべつ》ですよ」

腹巻きの内側には、一分銀《いちぶぎん》の詰まった袋が縫いつけられていた。

これも六年前と同じだ。縁起を担いだのですと、幸恵は笑う。

「おぬしにとっては無用の長物ゆえ、鬼斬り国綱は渡さぬ」

と、志乃が言った。

「代わりにこれを」

神田和泉町は金剛《こんごう》稲荷の道中守を、志乃は幼子の首に掛けてやる。

「お婆さま」

「何も言うな、鐵太郎。三人で達者に暮らすのじゃぞ」

「はい」

「さあ、行くがよい」

鐵太郎は最後に、蔵人介の面前に近づいてくる。

「父上、お世話になりました」

「水臭いことを抜かすな」

「父上の生き様を映し鏡にして、わたしは一所懸命《いっしょけんめい》に生きていきます」

蔵人介は口を固く結び、大きくうなずいてみせる。

鐵太郎は多喜と仁を連れ、峠の茶屋から外に出た。

みなもいっしょに茶屋を出て、坂の頂上に並ぶ。

鐵太郎と多喜は、深々とお辞儀をした。

「もうすっかり、夫婦《めおと》じゃな」

志乃のことばが、みなの気持ちを和ませる。

もはや、泣いている者はひとりもいない。

みな、嬉しそうに心の底から笑っていた。

雑木林の奥から、鳥の囀《さえず》りが聞こえてくる。

坂道の両側には、何百という向日葵《ひまわり》が咲いていた。

六年前、鐵太郎はたったひとりで坂道を下りていった。

今はちがう。多喜という伴侶《はんりょ》を得、仁という息子の小さな手を握って、堂々と坂道を下りていくのである。

「……ナポレオン・ボナパルテ、フレイヘイドと呼ばわりけり」

十四の鐵太郎が口ずさんだ一節を、蔵人介は低声でつぶやいた。

そして、あのときと同じ台詞を胸中に唱える。

——鐵太郎よ、けっして振りむくでないぞ。

おのれの道を極め、多くの人々を救うのだ。

今や、父親として意見することは何もない。

鐵太郎はしっかりと、おのれの道を歩んでいる。

三人は何度も振り向き、こちらに大きく手を振ってみせた。

そのすがたが黄金色に輝く向日葵畑の彼方に消えても、蔵人介たちは峠から立ち去ろうとしなかった。

光文社文庫

文庫書下ろし／長編時代小説

帰《き》　郷《きょう》　鬼《おに》役《やく》 三十四

著　者　坂《さか》　岡《おか》　真《しん》

2024年5月20日　初版1刷発行

発行者　三　宅　貴　久
印　刷　新　藤　慶　昌　堂
製　本　ナショナル製本

発行所　株式会社　光　文　社
〒112-8011　東京都文京区音羽1-16-6
電話 (03)5395-8147　編　集　部
8116　書籍販売部
8125　制　作　部

ISBN978-4-334-10306-4　Printed in Japan

組版　萩原印刷

坂岡 真

剣戟、人情、笑いそして涙……

超一級時代小説

将軍の毒味役 **鬼役シリーズ**

☆新装版 ★文庫書下ろし

- 鬼役 壱 ☆
- 刺客 鬼役 弐 ☆
- 乱心 鬼役 参 ☆
- 遺恨 鬼役 四 ☆
- 惜別 鬼役 五 ☆
- 間者《かんじゃ》 鬼役 六 ★
- 成敗 鬼役 七 ★
- 覚悟 鬼役 八 ★
- 大義 鬼役 九 ★
- 血路 鬼役 十 ★
- 矜持《きょうじ》 鬼役 十一 ★
- 切腹 鬼役 十二 ★
- 家督 鬼役 十三 ★
- 気骨 鬼役 十四 ★
- 手練《てだれ》 鬼役 十五 ★
- 一命 鬼役 十六 ★
- 慟哭《どうこく》 鬼役 十七 ★
- 跡目 鬼役 十八 ★
- 予兆 鬼役 十九 ★
- 運命 鬼役 二十 ★
- 不忠 鬼役 二十一 ★
- 宿敵 鬼役 二十二 ★
- 寵臣《ちょうしん》 鬼役 二十三 ★
- 白刃《はくじん》 鬼役 二十四 ★
- 引導 鬼役 二十五 ★
- 金座 鬼役 二十六 ★
- 公方《くぼう》 鬼役 二十七 ★
- 黒幕 鬼役 二十八 ★
- 大名 鬼役 二十九 ★
- 暗殺 鬼役 三十 ★
- 殿中 鬼役 三十一 ★
- 継承 鬼役 三十二 ★
- 初心 鬼役 三十三 ★
- 帰郷 鬼役 三十四 ★

鬼役外伝 文庫オリジナル

光文社文庫

坂岡真
ひなげし雨竜剣

一
分
坂岡 真

鬼役メモ

画・坂岡 真

※ページ内側にあるキリトリ線で切って、備忘録にお使い下さい。

キリトリ線

キリトリ線

鬼役メモ

画・坂岡 真

※ページ内側にあるキリトリ線で切って、備忘録にお使い下さい。

鬼役メモ

画・坂岡 真

※ページ内側にあるキリトリ線で切って、備忘録にお使い下さい。

キリトリ線

キリトリ線

鬼役メモ

画・坂岡 真

※ページ内側にあるキリトリ線で切って、備忘録にお使い下さい。